Heike Abidi

Unglaubliche 12

Originalausgabe

Oetinger Taschenbuch

Außerdem bei Oetinger Taschenbuch von Heike Abidi erschienen:

Tatsächlich 13
Plötzlich 14
Endlich 15
Alles, was Mädchen wissen sollten, bevor sie 13 werden
14 – Kicker, Küsse, Katastrophen
Was Jungs mit 15 wollen und warum ich das weiß
Und dann kamst du
Sunny Days

MIX
Papier aus verantwortungsvollen Quellen
FSC® C014496
FSC www.fsc.org

Originalausgabe
1. Auflage

Umschlaggestaltung: Kathrin Steigerwald
Satz: Sabine Conrad, Bad Nauheim
Druck: GGP Media GmbH, Karl-Marx-Straße 24,
07381 Pößneck, Deutschland
ISBN 978-3-8415-0628-3

www.oetinger-taschenbuch.de

01

»Summertime Sadness«

Oder: Gestatten, Tessa, Heulsuse

Alles fängt damit an, dass Romy keinen Plan von Grammatik hat. Ich persönlich finde das überhaupt nicht schlimm. Sie ist nämlich die weltbeste Freundin, die man nur haben kann. Genauer gesagt: die *ich* nur haben kann! Romy bringt mich sogar dann zum Lachen, wenn ich schlecht drauf bin, und hält immer zu mir, egal, was passiert. Was kümmert es mich da, dass sie in ihren WhatsApp-Nachrichten entweder gar keine Kommas setzt oder an völlig unmöglichen Stellen? Okay, manchmal muss ich sogar rätseln, was sie meint, aber – na und? Ich finde das sogar ziemlich lustig.

Eben ist mir das Lachen allerdings im Halse stecken geblieben, als ich gelesen habe, was sie getextet hat:

Sorry ich kann, leider nicht mit dir einkaufen, gehen. Muss zur blöden Nachhilfe. Meine Oldies kennen da, kein Erbarmen. Und alles nur wegen der Fünf, in Deutsch. Voll fies. Wir holen es nach versprochen. XXX Romy

Da stehe ich also vor dem Köpenick-Center mit meinem Geburtstagsgeld in der Tasche, wild entschlossen, mir einen legendären Shoppingnachmittag mit meiner BFF zu machen, und dann sagt sie in letzter Sekunde ab.

Und das Pech geht weiter: Eben ist mir auch noch der Bus vor der Nase weggefahren, und mir bleibt nichts anderes übrig, als entweder eine Viertelstunde zu warten oder mich zu Fuß auf den Heimweg zu machen. Weil es echt kühl ist und ich eine viel zu dünne Jacke anhabe (die im warmen Einkaufszentrum perfekt gewesen wäre!), entscheide ich mich fürs Laufen. Doch ich bin noch keine dreihundert Meter weit gekommen, da fängt es auch noch an zu regnen. Ach, was sag ich: zu schütten! Wie aus Kübeln.

Paps würde jetzt sagen, das wäre ein typisches Beispiel für Murphy's Law, wonach alles, was schiefgehen kann, irgendwann auch tatsächlich schiefgeht.

Tja, keine Ahnung, wer dieser Murphy ist, vermutlich irgendein Pechvogel. Trotzdem finde ich, man sollte dieses Gesetz umbenennen. In Tessa's Law, das besagt, dass an manchen Tagen einfach *alles* in die Hose geht! Und was besonders nervt: Je besser so ein Tag angefangen hat, desto katastrophaler endet er …

Das beste Beispiel dafür ist heute. Schon beim Weckerklingeln war ich total gut drauf. Das hätte mich eigentlich schon misstrauisch machen sollen. Hat es aber nicht. Stattdessen bin ich gut gelaunt aus dem Bett gehüpft, habe unter der Dusche gesungen (*Believer* von Imagine Dragons, das mir seit Tagen nicht aus dem Ohr geht) und mir anschließend sogar die Haare geglättet. Was echt ganz schön mühsam ist, wenn man normalerweise aussieht, als hätte man in eine Steckdose gegriffen.

Dann ist Sport ausgefallen, mein Lieblingsfach, und wir hatten stattdessen Bio. Ächz. Zu diesem Zeitpunkt hätte ich mir schon denken können, dass es mal wieder einer von diesen Tagen ist, an denen man besser im Bett geblieben wäre. Aber nein, ich war immer noch guter Dinge und habe mich auf Musik gefreut. Doch Musik ist leider ebenfalls ausgefallen, und als Vertretung kam ausgerechnet die Focker-Knecht. (Genannt: Folterknecht. Aus Gründen!) Sie hat Kopfrechenübungen mit uns gemacht, bis uns fast schwindelig wurde und ich mich nicht gewundert hätte, wenn Qualm aus meinen Ohren gekommen wäre.

Okay, da war ich bereits leicht genervt. Aber die Aussicht auf einen tollen Freundinnennachmittag hat mich sogar die Folterknecht ertragen lassen. Und dann stellt sich heraus, dass daraus nichts wird …

Echt zum Heulen!

Das Ganze fühlt sich an, als hätte man gerade drei Stunden lang in der Warteschlange der weltgrößten Achterbahn verbracht, nur um dann, wenn man endlich an der Reihe ist, zu erfahren, dass jetzt Feierabend gemacht wird.

Zugegeben, vielleicht steigere ich mich gerade ein bisschen rein, aber hab ich nicht allen Grund, enttäuscht zu sein? Und traurig. Und wütend … auf die Kommaregeln, auf Romys Eltern, auf den Busfahrplan, auf das Wetter, auf das ganze Leben!

Kann gut sein, dass mir gerade Tränen über die Wangen laufen. Aber weil mir sowieso der Regen ins Gesicht peitscht, fällt das nicht weiter auf. Meine so mühsam geglätteten Haare kleben an mir wie Sauerkraut, und meine Jeans sind so nass, dass sie sich anfühlen, als würde jemand meine Beine mit Schmirgelpapier bearbeiten.

Und als wäre das nicht schon schlimm genug, fährt jetzt noch ein fettes Angeberauto mit vollem Tempo durch eine Megapfütze, sodass ich über und über von Matschwasser durchtränkt bin.

Danke, Vollpfosten!

»Hast du dich im Schlamm gewälzt?«, fragt Mika, als ich endlich nach Hause komme und mir in der Diele Schuhe und Jacke abstreife, um den Weg in mein Zimmer nicht in eine Wasserrutschbahn zu verwandeln.

Typisch mein kleiner Bruder! Er sagt immer, was er denkt, und das ist selten schmeichelhaft …

Als Mika geboren wurde, war ich furchtbar froh, endlich nicht mehr die Jüngste in der Familie zu sein. Allerdings hab ich da nicht geahnt, dass kleine Kinder so laut und so anstrengend sind! Inzwischen ist Mika fast fünf und meistens ziemlich goldig. Aber auch immer noch anstrengend. Und vor allem plappert er ohne Pause! Er kapiert einfach nicht, dass ich manchmal einfach nur meine Ruhe will.

Oder sagen wir besser: dass ich *meistens* meine Ruhe will …

Ganz ehrlich: Die Pubertät ist die Hölle! Ich wünschte, ich könnte die Zeit zurückdrehen und wäre wieder zehn Jahre alt. Oder noch besser: fünf. So wie Mika.

Damals war alles so einfach. Und so schön. Ich hatte noch keine Pickel, noch keine Wutanfälle und Heulattacken, und meine großen Geschwister wohnten noch zu Hause. Seit Levin und Henriette ausgezogen sind, bin ich die große Schwester und soll vernünftig sein. Tssss.

»Ich wälze *dich* gleich im Schlamm«, gebe ich grimmig zurück, und das ist zugegebenermaßen alles andere als erwachsen.

Mika lacht sich kringelig. Der Glückliche. Er findet sogar meine genervten Antworten witzig. Aber vor allem amüsiert er sich wohl darüber, wie ich aussehe. Ein Blick in den Garderobenspiegel verrät mir, dass sein Vergleich ziemlich treffend war. Man könnte tatsächlich glauben, ich sei eine Schlamm-Catcherin. Eine ziemlich erfolglose, mies gelaunte Schlamm-Catcherin …

»Das ist kein Spaß. Ich mein's ernst«, füge ich hinzu, ohne mein Brüderchen sonderlich zu beeindrucken.

»Du bist so lustig, Tessi«, kichert er.

»Nervensägenzwerg«, kontere ich und strecke ihm die Zunge raus. Blöderweise taucht genau in diesem Moment Paps auf.

»Aber Tessa«, tadelt er sanft. Jedenfalls in sanftem Tonfall – allerdings in der Lautstärke einer Schiffssirene, was daran liegt, dass er Kopfhörer auf den Ohren hat und gar nicht merkt, wie sehr er brüllt. Entweder hört er mal wieder seine heiß geliebte Entspannungsmusik oder seinen Japanisch-Sprachkurs. Warum er überhaupt eine dermaßen exotische Sprache lernen will, ist mir ein Rätsel. Na ja, egal – Hauptsache, er hat nicht mitbekommen, was ich zu Mika gesagt habe. Paps ist nämlich extrem harmoniebedürftig und verabscheut alles, was auch nur im Entferntesten an ein Schimpfwort erinnert.

»Sorry, Paps«, brülle ich zurück, um ihn zu besänftigen, denn ich habe jetzt echt keinen Nerv für eine Grundsatzdiskussion über angemessenes Verhalten gegenüber jüngeren Geschwistern. Überhaupt auf kein Gespräch – ich will einfach nur allein sein und mich in Selbstmitleid suhlen.

Endlich fällt meine Zimmertür hinter mir ins Schloss. Das mit dem Alleinsein hat allerdings nicht hundertprozentig geklappt – in letzter Sekunde ist Burkhard, unser Jack-Russell-Terrier, noch mit reingeschlüpft. Bestimmt hat er gespürt, dass ich mal wieder schlecht drauf bin. Dafür hat er einen sechsten Sinn.

Manchmal glaube ich, Burki ist der Einzige, der mich wirklich versteht. Henriette sagt, als sie in meinem Alter war, ging es ihr genauso. Inzwischen ist Burki zwar schon ein älterer Hundeherr und will nicht mehr so viel spielen und toben, aber er liebt es nach wie vor, auf meinem Schoß zu kuscheln und sich streicheln zu lassen. Und ich liebe es auch, denn es gibt mir Trost.

»Ach, Burki«, jammere ich, während ich mich umziehe, »wenn ich doch nur wüsste, warum ich so traurig bin.«

Denn auch wenn heute alles Mögliche schiefgelaufen ist: Eigentlich habe ich keinen Grund zu klagen. Das ist mir trotz allem klar. Ich bin zwar eine Heulsuse, aber nicht bescheuert. Natürlich gibt es massenhaft Kinder und Jugendliche, denen es tausendmal schlechter geht als mir. Die obdachlos sind oder hungern oder in einem Kriegsgebiet leben oder flüchten müssen oder …

Was ist mir schon Schlimmes passiert? Wir hatten heute zwei blöde Vertretungsstunden, die null Komma null Spaß gemacht haben. Und meine beste Freundin wurde zum Nachhilfeunterricht verdonnert, statt mit mir ins Einkaufszentrum gehen zu dürfen. Nicht gerade ein echtes Drama.

Trotzdem sitze ich hier (jetzt im gemütlichen, trockenen Jogginganzug und mit Burki auf dem Schoß, der sich entspannt kraulen lässt) und hab das heulende Elend.

Und warum das Ganze? Etwa alles wegen dieser dämlichen *Pubertät*, von der alle reden?

Henriette meint, das wäre so. Sie ist sozusagen Spezialistin für dieses Thema – nicht nur, weil sie die Pubertät gerade überstanden hat, sondern weil sie sogar darüber geschrieben hat. Als sie so alt war wie ich, hatte sie ein Blog mit dem Titel »Alles, was Mädchen wissen sollten, bevor sie dreizehn werden«, das sogar als Buch erschienen ist. Natürlich steht ein Exemplar davon in meinem Regal; es ist auch schon total zerfleddert, so oft habe ich es gelesen. Ich weiß also genau, dass in meinem Körper gerade die unglaublichsten Dinge vor sich gehen und dass an den meisten davon irgendwelche Hormone schuld sind.

Na toll. Aber was bringt es mir, das zu wissen? Ich kann diese blöden Hormone leider nicht steuern, sie machen mit mir, was sie wollen, und das geht mir gewaltig auf den Keks!

Was leider dazu führt, dass meine Stimmung meistens in Richtung »hochgradig genervt« geht. Kein schönes Gefühl. Egal, was man dann zu mir sagt, es macht die Sache bloß schlimmer. Und am Ende bekomme ich entweder einen gepflegten Wutanfall oder ich breche in Tränen aus oder beides.

Mum sagt, ich müsse lernen, meine Gefühle besser im Griff zu haben. Da kann ich ja nur lachen! Ich meine – ich *würde* gern lachen, aber tatsächlich kann ich nur empört schnauben und die Augen verdrehen. Ganz ehrlich: Wenn jemand einen Trick weiß, wie man seine Gefühle kontrollieren kann, dann nur her damit! Ich hasse es, ihnen dermaßen ausgeliefert zu sein. Seit Wochen schwanke ich zwischen Wut, Traurigkeit, alberner Überdrehtheit und Verzweiflung hin und her, und niemand begreift, dass ich hier das Opfer bin.

Wollte ich etwa neulich diese dämliche Vase zerdeppern? Natürlich nicht! Was hätte ich auch davon gehabt? Total unlogisch, zu glauben, ich hätte das extra gemacht. Ich *konnte* einfach nicht anders, weil ich so wahnsinnig sauer war. Worüber, weiß ich schon gar nicht mehr. Bestimmt wegen einer voll ungerechten Note oder einer Bemerkung von Mika oder … Ist ja auch egal. Jedenfalls hat Mum wegen dieser Vasensache ein

Riesentheater gemacht und sogar den Familienrat einberufen, um die Konsequenzen für mich zu diskutieren. (Von wegen diskutieren: Meistens ist Mum dabei die Vorsitzende und bestimmt, wer wann reden darf.) Ich kam mir dabei vor wie im falschen Film, ehrlich. Am Ende bekam ich dann einen Monat Küchendienst aufgebrummt, den ich mit Todesverachtung abgeleistet habe – ohne zu jammern oder zu murren. Mum soll ruhig denken, mir hätte das überhaupt nichts ausgemacht.

Der Küchendienst an sich war auch gar nicht weiter tragisch. Ich meine – Spülmaschine ein- und ausräumen, Tisch decken, ab und zu mal was von Hand abwaschen und abtrocknen, davon geht die Welt ja nicht unter.

Was ich aber voll schlimm fand, war die Erkenntnis, dass in diesem Haus niemand Verständnis für mich hat! Außer Burki natürlich. Seit Henriette studiert, ist er mein einziger Verbündeter.

Na ja, er und Oma Lydia – ja, Oma ist die Allercoolste in unserer Familie! Nicht nur weil sie dank Yoga und Jogging topfit und supergechillt ist, sondern weil es ihr egal ist, wie andere Leute in ihrem Alter drauf sind. Sie macht, worauf sie Lust hat. Zum Beispiel hat sie sich vor ein paar Jahren in Gunnar verknallt – den Handwerker, der eine Sauna in ihre Dachwohnung über Mums Hofladen eingebaut hat. Und dann hat sie den Saunamann einfach geheiratet. Mum fand das zuerst gar nicht lustig, aber Henriette hat dafür gesorgt, dass sie sich wieder einkriegt. Und jetzt haben wir nicht nur eine supercoole Oma, sondern auch einen neuen Stiefopa.

Leider unternehmen die beiden seitdem quasi eine Hochzeitsreise nach der anderen. Zurzeit fahren sie zum Beispiel im Wohnmobil durch Finnland. Ich gönne es ihnen ja, ehrlich. Nach Opas Tod ist Oma Lydia bestimmt ganz schön einsam gewesen, obwohl sie ja uns hat. Tja. Jetzt hat sie den Saunamann, und ich bin diejenige, die einsam ist.

Mein Blick fällt auf die einzige Ecke meines ansonsten ziemlich chaotischen Zimmers, in der es blitzt und blinkt. Denn da steht mein Schlagzeug! Oma hatte es mir mal zu Weihnachten geschenkt, und Gunnar gibt mir seit anderthalb Jahren Unterricht auf diesem Instrument. Er war auch der Erste, der mein Talent erkannt hat – noch vor mir selbst, übrigens. Zuerst konnte ich so gar nichts damit anfangen, aber inzwischen liebe ich mein Drumset heiß und innig. Wenn ich darauf spiele, vergesse ich alles um mich herum, tauche vollkommen ab in die Musik und kann mich gleichzeitig so richtig austoben. Hinterher bin ich meistens durch und durch geschwitzt, aber auch glücklich – wenigstens für eine Weile. Bis irgendein Familienmitglied (oder ein Hormon) meine Laune wieder vermiest.

»Was ist, hast du Lust auf ein bisschen Musik?«, frage ich Burki, während ich ihn vorsichtig von meinem Schoß herunterschiebe.

»Wuff«, macht Burki und rollt sich auf meiner Bettdecke zusammen.

Das soll wohl heißen: *Klar, Zweibeinerin Tessa, ich liebe deine Musik und dein fabelhaftes Getrommel!*

Mum behauptet zwar immer, dass er meinen »Lärm« nur erträgt, weil er langsam taub wird, aber da irrt sie sich gewaltig. Burki wippt nämlich immer im Takt mit dem Kopf mit. Ich wette, er wäre ein richtig guter Drummer, wenn er kein Hund wäre.

Ich setze mich ans Schlagzeug, stöpsele meine Kopfhörer in die Ohren und suche auf dem Handy nach einem Lied, das genau zu meiner Stimmung passt. Traurig muss es sein, ein bisschen grüblerisch und untröstlich. Aber es soll auch schön sein. Schön schwermütig.

Meine Wahl fällt auf *Summertime Sadness* von Lana Del Rey. Kein ganz neuer Hit, aber dank meiner älteren Geschwister und vor allem meiner Hippie-Oma ist mein Musikgeschmack nicht nur auf aktuelle Titel begrenzt. So ist die Auswahl größer, und es fällt mir leichter, Songs zu finden, die gerade perfekt passen und mir das Gefühl geben, irgendjemand versteht meine Gefühle – und wenn es irgendein fremder Musiker am anderen Ende der Welt ist …

Es funktioniert. Wie immer.

Kaum sind die ersten Töne erklungen, bin ich nicht mehr in meinem Zimmer, nicht mehr in Berlin-Köpenick, nicht mehr ich selbst, sondern *ich bin die Musik*. Klingt ziemlich abgedreht, oder? Fühlt sich aber genauso an. Und das ist verdammt genial!

Ich muss gar nicht groß darüber nachdenken, was ich da tue – meine Hände und Füße wissen es von selbst. Wie in Trance bringe ich Tom-Tom, Hi-Hat, Snare, Becken, Bass-

Drum und all die anderen Instrumente, aus denen das Schlagzeug besteht, zum Klingen, Scheppern und Dröhnen. Von wegen Lärm – ich entlocke meinen Drums die unterschiedlichsten Klänge, und mit jedem Takt werde ich innerlich ruhiger und zufriedener.

Doch nicht nur ich werde ruhiger, sondern auch Lana Del Rey – genauer gesagt wird ihre Musik leiser. Es dauert einen Moment, bis ich kapiere, dass gerade ein Skype-Anruf eingeht. Sicher will sich Romy über die katastrophale Nachhilfestunde beklagen. Wobei – Romy schickt mir meistens Nachrichten via WhatsApp, nur aus den Ferien skypt sie lieber.

Jetzt hat mich das Anrufsignal ohnehin aus dem Rhythmus gebracht, also kann ich ebenso gut nachsehen, wer dran ist.

Eine Sekunde später werfe ich die Drumsticks von mir, als wären sie glühend heiß, reiße die Kopfhörer aus den Ohren und stürze mich auf mein Handy.

»Na endlich, ich wollte es gerade schon aufgeben«, begrüßt mich meine große Schwester.

»Ach, Henriette, du fehlst mir so«, erwidere ich mit tränenerstickter Stimme, und schon schluchze ich verzweifelt los.

Was bin ich nur für eine Heulsuse?

02

»Bauch und Kopf«

Oder: Ich vlogge, also bin ich

Mit Henriette zu skypen, wirkt auf mich so ähnlich, wie Burki zu streicheln oder Schlagzeug zu spielen. Meine Tränen versiegen in null Komma nix, und ich bin einfach nur froh, sie zu sehen – auch wenn sie in ihrer Dortmunder Studentenbude sitzt, statt hier bei mir zu sein. Zwischen uns liegen über fünfhundert Kilometer, aber es gelingt mir fast, das zu vergessen.

Henriette sitzt in dem Schaukelstuhl, den Oma Lydia ihr zum Auszug geschenkt hat, und hat ihr Laptop auf dem Schoß. Das sehe ich zwar nicht, aber ich weiß es. Sie hasst es, mit dem Handy zu skypen. Vermutlich erscheint mein Kopf jetzt fast lebensgroß auf ihrem Monitor – als läge da ein Luftballon mit halbnassen Haaren auf ihrem Schoß. Bei der Vorstellung muss ich grinsen.

»Hey, du lachst ja schon wieder. Sehr schön. Sag mal, Schwesterherz, was ist denn los mit dir? Gibt's Probleme?«

Eigentlich wollte ich ihr ja nicht die Ohren volljammern, aber da sie mich eben eh schon beim Heulen erwischt hat, kann ich wohl schlecht so tun, als wäre alles in bester Ordnung.

»Alles ist blöd«, platze ich heraus. »Ich kann mich selbst nicht leiden. Und bin furchtbar genervt – von allem.«

Dann erzähle ich ihr die Sache mit Romys Nachhilfe, dem abgesagten Einkaufsbummel, dem Regenguss und Mikas Kommentar. Während sie zuhört, beißt Henriette auf ihre Unterlippe. Verkneift sie sich etwa ein Kichern?

»Das ist nicht komisch!«, rufe ich empört, doch da prustet sie auch schon los. Und das total Verrückte daran ist: Es ist ansteckend. Obwohl ich eben noch total mies drauf war, kriege ich mich auf einmal gar nicht ein vor Lachen. Wir gackern im Duett, bis uns die Tränen über die Wangen laufen.

Als ich mich wieder halbwegs beruhigt habe, erzähle ich auch noch die Vasen-Geschichte.

»Und Mum hat ernsthaft den Familienrat einberufen?«, staunt Henriette. »Ich kann mich gar nicht mehr daran erinnern, wann sie das zuletzt gemacht hat.«

Geht mir genauso. Früher wurde bei uns wegen jedem Pups ein Familienrat abgehalten. Doch seit Mika auf der Welt ist, hat Mum keine Zeit mehr für so etwas. Sie lässt sogar Grammatikfehler durchgehen, ohne uns ständig zu verbessern, und verzieht keine Miene, wenn wir mal Pizza oder Döner bestellen wollen. Das wäre vor ein paar Jahren noch undenkbar gewesen. *Danke, Mika!*

»Tja, ab und zu kriegt sie eben einen Rückfall«, erwidere ich und bringe meine große Schwester damit erneut zum Lachen.

Dann wird sie wieder ernst und seufzt. »Ich wünschte, ich könnte mal eben vorbeikommen und dich in den Arm nehmen, Tessa.«

Prompt schießen mir wieder Tränen in die Augen, aber ich tue so, als müsste ich niesen, und wische sie unauffällig weg.

»Glaub mir, ich verstehe nur zu gut, was gerade in dir vorgeht«, sagt Henriette. »Als Nesthäkchen aufzuwachsen, ist bestimmt nicht immer leicht gewesen. So ging es mir damals auch – bis du auf die Welt kamst und ich eine große Schwester wurde. So wie bei dir und Mika jetzt.«

Daran habe ich noch überhaupt nicht gedacht! Stimmt, der Altersunterschied zwischen Henriette und mir ist ungefähr so groß wie der zwischen mir und meinem kleinen Brüderchen. Vielleicht versteht mich Henriette deshalb so gut, weil wir uns im Grunde so ähnlich sind? Auch wenn sie und ich auf den ersten Blick nicht besonders viel gemeinsam haben. Zum Beispiel ist meine Schwester der wohl unsportlichste Mensch auf dem Planeten, während ich jahrelang Fußball gespielt habe und inzwischen in der Leichtathletik-Schulmannschaft eine der besten Hochspringerinnen bin. Aber das sind Äußerlichkeiten. In Gefühlsdingen ticken wir ziemlich gleich.

»War ich mit fünf etwa auch so eine Nervensäge?«

»Ooooh, und ob!«, behauptet Henriette. »Oma nannte dich immer *die kesse Tessa*. Und ich hätte dir manchmal den süßen kleinen Hals umdrehen können, wenn du deine frechen Kommentare abgegeben hast. Zum Beispiel, als ich mit Paps mal einen Riesenkrach hatte, bloß weil ich mein Zimmer nicht aufräumen wollte. Ich sagte, er solle sich ein anderes Hobby suchen, als mich zu quälen, und das fand er überhaupt nicht witzig. Du dagegen hast dich offenbar prächtig amüsiert, als wäre unser Streitgespräch ein lustiger Sketch. Ich weiß noch genau, was du auf Mums Frage geantwortet hast, was los sei: *Henry ist patzig und hat einen Saustall.*«

»Das soll ich gesagt haben?« Ich kann mich beim besten Willen nicht mehr daran erinnern. Weder an den Streit noch an das Gespräch. »Aber eigentlich war das doch eine perfekte Zusammenfassung«, füge ich hinzu. »Ganz schön clever.«

»Ein cleveres Teufelchen, das warst du absolut!«

Ich strecke Henriette die Zunge raus.

»Hauptsache, du bist nicht mehr so down«, kommentiert sie. »Hast du oft schlechte Laune?«

»Oft ist noch untertrieben«, erwidere ich mit Grabesstimme. »Das Schlimmste ist, dass sich meine Stimmung ständig ändert, ohne dass ich es beeinflussen kann. Urplötzlich bin ich stinksauer, dann wieder beleidigt oder total traurig, und meistens ohne richtigen Grund. Wenn es dagegen nur ein Mittel gäbe …«

»Oh, das kenne ich. Die Pubertät bringt dich wohl gerade ganz schön durcheinander.«

»Ich weiß, ich hab dein Buch gelesen. Ungefähr drölfzigtausend Mal. Ich weiß, warum das alles mit mir passiert. Aber das hilft mir nicht. Ich will wissen, was ich dagegen tun kann!«

»Mir hat damals das Schreiben geholfen. Und das Recherchieren. Ich hatte einfach das Gefühl, wenn ich verstehe, was in meinem Körper los ist, kann ich das alles besser aushalten.« Henriette kratzt sich am Kopf. »Was machst du denn dagegen? Ich meine, außer griesgrämig aus der Wäsche gucken und Burki kraulen?«

»Ich gucke gar nicht griesgrämig … wobei – doch, wahrscheinlich tu ich das. Ach, ich weiß ja auch nicht.« Wenn ich mies drauf bin, gucke ich mich bestimmt nicht im Spiegel an. Das würde mich bloß frustrieren. »Sobald ich aus der Schule heimkomme, verkrieche ich mich meistens in meinem Zimmer, setze die Kopfhörer auf und höre traurige Musik.«

Henriette runzelt die Stirn. »Macht es das nicht noch viel schlimmer?«

»Nein, im Gegenteil. Ich glaube, wenn die Musik nicht wäre, würde ich glatt durchdrehen! Sie hilft mir. Ich weiß dann, dass ich nicht die Einzige bin, die sich je so gefühlt hat. Dass es manchmal sogar berühmten Musikern so geht.«

Nehmen wir nur mal Lana Del Rey. Sie sieht aus wie ein Model, hat eine Stimme wie Karamellsirup, ist megaberühmt und bestimmt nicht arm. Trotzdem wirkt sie so trübsinnig, als hätte sie versehentlich ein Einhorn überfahren.

»Und dabei habe ich dich eben unterbrochen?«, will Henriette wissen.

»So ähnlich«, sage ich. Keine Ahnung, warum ich so herumdruckse. Ich könnte meiner Schwester doch einfach erzählen, wie gut ich mich fühle, wenn ich zur Musik Schlagzeug spiele.

»Was soll das heißen – so ähnlich?«, bohrt sie auch prompt nach. Vor Henriette kann ich eben *nichts* verheimlichen.

»Warte, ich zeig's dir«, sage ich, weil ich keine Lust auf lange Erklärungen habe. »Ich ruf dich gleich zurück – Moment.«

Natürlich brauche ich mein Handy, um den Song abzuspielen. Ich verbinde es mit dem Lautsprecher und skype Henriette von meinem Tablet aus an, das ich auf einen Notenständer gestellt habe. Jetzt sieht sie mich, wie ich am Drumset sitze, die Stöcke in der Hand.

Und dann geht's auch schon los – der Song startet, und ich tauche ab in die Musik, lasse die Drumsticks herumwirbeln, fühle mich, als könnte ich fliegen. Oder als wäre der Rhythmus ein gigantisches Trampolin, auf dem ich riesige Sprünge mache und sogar Saltos schlage. Nach ein paar Takten vergesse ich, dass Henriette mir zuguckt. Erst als der Song vorbei ist und sie ganz begeistert »Woooow!« macht, wird mir bewusst, dass ich die ganze Zeit über eine Zuschauerin hatte.

Ich weiß nicht recht, was ich jetzt sagen soll, deshalb grinse ich nur ein bisschen dümmlich. Fast kommt es mir vor, als hätte mich Henriette bei etwas voll Peinlichem ertappt.

»Du bist ja richtig gut«, schwärmt sie. »Und das hat dir alles der Saunamann beigebracht?«

Wenn wir unter uns sind, nennen wir Gunnar immer noch so. Ich schätze mal, diesen Spitznamen wird er nie mehr los. Er weiß das auch und findet es lustig, glaube ich.

»Ja, er ist ein echt guter Lehrer«, erwidere ich, weil es mir ein bisschen unangenehm ist, wenn ich gelobt werde. Sogar von Henriette.

»Du solltest dich filmen«, schlägt sie vor, und weil sie offenbar von ihrem Einfall wahnsinnig begeistert ist, redet sie sofort weiter. »Ja, du solltest ein Videoblog starten. Ein *Vlog*. Dazu brauchst du eigentlich nur einen YouTube-Kanal. Und dann machst du genau das, was du eben getan hast, nur dass du dich selbst dabei filmst. Und vielleicht noch ein bisschen was dazu erzählst. Über das Trommeln und die Musik und was sie bei dir bewirkt. Ist das genial, oder ist das genial?«

Als sie mich endlich zu Wort kommen lässt, bin ich erst einmal sprachlos.

»Tessa? Bist du noch da? Ich glaube, die Verbindung ist abgestürzt. Das Bild sieht aus wie eingefroren.«

»Nein, es funktioniert alles noch«, muss ich zugeben. »Ich hab mich bloß nicht bewegt.«

»Also hast du gehört, was ich gesagt habe? Hey, wie findest du meine Idee?«

»Ähm – na ja, ich weiß nicht«, stammele ich.

»Du bist richtig gut«, wiederholt Henriette. »Das kann ruhig die ganze Welt sehen.«

Die ganze Welt? Na ja, jetzt übertreibt sie aber. Ich bin ja keine Influencerin oder so was. Wer würde meine Videos wohl anschauen? Und vor allem: warum?

»Ach, neee«, murmele ich. »Ich mache das alles doch nur so für mich. Um mich abzureagieren. Das ist doch nichts für Zuschauer.«

Henriette legt ihren Kopf schief und macht ihr entrüstetes Gesicht. »Was heißt das – nur für dich? Hast du noch nie jemandem was vorgespielt?«

»Niemandem außer Gunnar«, gebe ich zu.

»Nicht zu fassen.« Jetzt klingt Henriette wie Mum, wenn Mika mal wieder bei Regen im Sandkasten gespielt hat und anschließend aussieht wie ein paniertes Schnitzel.

»Was für eine Verschwendung!«, lautet ihr Urteil. »Das ist ja, als hätte ich damals nicht gebloggt, sondern bloß Tagebuch geführt.«

»Wie meinst du das?«

»Ist doch logisch: Ich hatte doch nur deshalb so viele Follower, weil es ganz vielen anderen Mädchen in meinem Alter genauso ging wie mir. Und das wäre bei dir nicht anders. Du bist schließlich nicht die Einzige, die in der Pubertät unter Stimmungsschwankungen leidet – und der Musik dabei hilft.«

»Ich dachte, du hast mit dem Bloggen angefangen, weil du damals schon wusstest, dass du mal Publizistik studieren willst.«

»Vielleicht habe ich deshalb *angefangen*. Aber *weitergemacht* habe ich, weil so viele mein Blog lesen wollten. Wetten, dass es dir ganz ähnlich gehen wird? Und ich hab sogar schon einen coolen Namen für dein Blog: Drummer Queen! Na, wie findest du das?«

»Ähm – ziemlich … schräg. Aber auch genial«, muss ich zugeben. Mum hat mich in letzter Zeit schon ein paar Mal Drama-Queen genannt, weil ich so leicht ausflippe und angeblich aus einer Mücke einen Elefanten mache. Okay, ich muss zugeben, dass das nicht bloß *angeblich* so ist, sondern tatsächlich. Aber als Drama-Queen würde ich mich deshalb nicht unbedingt bezeichnen. Das klingt so zickig. Drummer Queen dagegen ist richtig cool … Ich glaube, ich schreibe es *DrummerQueen* – das sieht hipper aus. Fast wie ein Bandlogo.

»Ich würde gern noch stundenlang mit dir quatschen, Tessa, aber leider muss ich jetzt los zu einer Vorlesung«, erklärt Henriette nach einem Blick auf die Uhr. »Versprich mir, dass du wenigstens darüber nachdenkst. Okay?«

»Versprochen«, sage ich. »Großes Schwesternehrenwort.«

Erschöpft werfe ich mich auf mein Bett und wecke damit Burki auf, der mal wieder eingedöst ist. Hund müsste man sein! Dann hätte man keine Sorgen.

Na ja, echte Sorgen habe ich zwar auch keine, aber ein schlechtes Gewissen. Weil ich Henriette angeschwindelt habe. Von wegen, *ich werde darüber nachdenken*. Denn eigentlich bin ich schon fertig mit Überlegen. Das mit dem Vlog kommt für mich echt nicht infrage. Ich mache mich doch nicht zum Affen! Ich meine, anonym etwas zu bloggen ist eine Sache, aber sich selbst zu filmen eine andere. Jeder würde mein Gesicht sehen und könnte sich über mich lustig machen.

Es sei denn …

Ja, es sei denn, ich wäre gar nicht zu erkennen. Ich könnte mich so aufnehmen, dass mein Kopf nicht zu sehen ist. Das müsste gehen. Außerdem bin ich ziemlich gut darin, meine Stimme zu verstellen. Ich müsste nur ein bisschen tiefer sprechen als sonst, und schon wäre ich genauso anonym wie Henriette, als sie damals unter dem Namen Jette V. gebloggt hat.

Einen Versuch wäre es wert. Vielleicht hat meine große Schwester ja recht, und das, was ich über Musik zu sagen habe, hilft auch anderen Zwölfjährigen, ihre grauenhaften Launen besser auszuhalten?

Entschlossen springe ich wieder auf.

»Wuff«, macht Burki und meint damit vermutlich: *Kannst du dich mal entscheiden, ob du liegen bleiben willst oder nicht? Ständig reißt du mich aus den Träumen, Zweibeinerin Tessa.*

»Sorry, Burki. Ich hab was zu erledigen.«

Vor nicht einmal fünf Minuten war ich absolut sicher, dass Henriettes Idee für mich garantiert nicht infrage kommt. *Und jetzt?* Bin ich dabei, das Tablet auf dem Notenständer so auszurichten, dass es mich und mein Schlagzeug aufnimmt, ohne dass mein Kopf mit drauf ist.

»Ist nur ein Versuch«, sage ich laut. Zu wem eigentlich? Henriette hört mich nicht, und Burki interessiert sich nicht die Bohne für das, was ich da treibe. Jetzt führe ich also schon Selbstgespräche! Und was kommt als Nächstes? Werde ich vollkommen den Verstand verlieren?

Mir fällt ein, dass Selbstgespräche total okay sind, solange man sich dabei filmt. Denn dann spricht man im Grunde ja zu denjenigen, die sich das Video vielleicht irgendwann anschauen.

Okay.

Erst mal einen Song aussuchen.

Auf *Summertime Sadness* habe ich keine Lust mehr. Nicht schon wieder. Es muss etwas sein, was meine Verwirrung widerspiegelt. Ich bin unsicher, ob das, was ich da tue, richtig cool ist oder total bescheuert. Und ich denke natürlich an Henriette, die mich auf die Sache mit dem Vloggen gebracht hat. Und an ihr Blog. In dem sie einmal darüber geschrieben hat, dass man manche Entscheidungen besser nach Gefühl und nicht mit dem Verstand treffen sollte. Davon handelt sogar ihr Lieblingslied … Ich glaube, ich denke jetzt einfach nicht länger darüber nach. Sondern drücke einfach auf Aufnahme.

»Hi, Leute«, sage ich und erinnere mich zum Glück in letzter Sekunde daran, mit extratiefer Stimme zu sprechen. »Ich bin *DrummerQueen* – und das ist mein Vlog. Ich stelle euch Songs vor, die mir helfen, mit meinen Gefühlen klarzukommen, denn die sind leider oft ganz schön durcheinander. Aber zum Glück gibt's für jede Stimmung genau den richtigen Song! Manchmal denke ich, dass es vielleicht sogar gut ist, wenn man nicht immer gut gelaunt ist. Dann gäbe es nämlich nur Happy-Musik. Und wäre das nicht wahnsinnig schade um all die tollen Songs, die wütend, wild, entschlossen, sehnsüchtig oder traurig klingen?

Ich erzähle euch ein bisschen was darüber, wie mich die Musik manchmal buchstäblich rettet, und dann spiele ich sie euch vor, während ich dazu Schlagzeug spiele. Das hier ist mein Drumset. Könnt ihr es sehen?

Okay. Also. Heute habe ich *Bauch und Kopf* von Mark Forster für euch ausgesucht. Darin geht es darum, dass man manchmal nicht weiß, was man wirklich will. Wenn zum Beispiel das, was man denkt, so ziemlich das Gegenteil ist von dem, was man fühlt.

Tja, und es geht auch um das berühmte Bauchgefühl. Das gibt es nämlich wirklich. Man nennt es auch Intuition, und die ist total wichtig. Weil man nicht bei jeder Kleinigkeit lange überlegen kann. Sonst wird man nämlich total bekloppt! Manche Dinge muss man in Sekundenschnelle entscheiden, und das übernimmt dann der Bauch. Natürlich nur sprichwörtlich. In Wahrheit sind es Erfahrungen, die man gemacht hat und die einem die lästige Grübelei abnehmen. Ob man zum Beispiel vor dem gefährlichen Säbelzahntiger flieht oder lieber mit ihm kämpft. Ob man vor der dunkelgelben Ampel bremsen oder fest in die Pedalen treten soll. Ob man ein Video online stellt oder lieber doch nicht …

Okay, ist ja schon gut. Ich werde es veröffentlichen. Auch wenn ich total unsicher bin, ob es richtig ist, was ich da gerade tue. Also – jetzt kommt *Bauch und Kopf*, und ich spiele dazu Schlagzeug. Das war eins der ersten Stücke, die ich draufhatte. Ist nicht so schwer zu spielen – aber ich find's einfach cool. Also: Viel Spaß. Ach ja – ich würde mich über ein paar Kommentare freuen. Wer gewinnt bei euch meistens: der Bauch oder der Kopf?«

03

»Shallow«

Oder: So viel zum Thema Anonymität

Eigentlich wollte ich die *DrummerQueen*-Sache absolut geheim halten. Außer Henriette sollte niemand davon erfahren – vor ihr kann ich einfach nichts verbergen. Außerdem war das Ganze ja ihre Idee!

Tja, meine große Schwester ist aber nicht die Einzige, die mich nur anschauen muss, und schon purzeln die Worte nur so aus meinem Mund. Auch Romy hat diese Wirkung auf mich. Sie ist wie ein wandelnder Lügendetektor – sobald ich ihr etwas verheimliche, schrillt in ihrem Hinterkopf eine Alarmglocke. Dann bohrt sie nach, und schwups: erzähle ich ihr alles haarklein.

So auch jetzt. Wir sind in Romys Zimmer, das aussieht wie ein Bergsee im Winter – alles ist weiß und smaragdgrün, was zwar ein bisschen kühl wirkt, aber heute geradezu perfekt ist. Quasi über Nacht ist es nämlich frühsommerlich heiß geworden, und ich kam hier mit einem knallroten Kopf an, obwohl ich mit dem Rad gerade mal drei Minuten brauche bis zu dem hypermodernen Neubau, den Romys Architekteneltern selbst geplant haben. Er könnte dem alten Bauernhof, in dem wir wohnen, nicht unähnlicher sein, genau wie Romys peinlich aufgeräumtes Zimmer so ziemlich das genaue Gegenteil meiner Chaos-Bude ist.

Romy lungert auf ihrem schneeweißen Bett herum, ich habe es mir in dem grünen Sitzsack bequem gemacht und versuche, ihrem hypnotischen Blick standzuhalten.

»Du verschweigst mir doch irgendwas, das spüre ich haargenau!«, sagt sie und schaut mich aus ihren mandelförmigen Augen an, die sie von ihrer russischen Mutter geerbt hat. Ebenso wie die seidigen schwarzen Haare, mit denen sie locker Werbung für ein Glätteisen machen könnte, obwohl sie garantiert noch nie eins benutzt hat. *Wie ich sie darum beneide!*

»Na ja, schon, aber es hat bloß mit meinem Hobby zu tun«, gebe ich zu – in der Hoffnung, dass Romy das Interesse daran verliert. Für Sport interessiert sie sich ebenso wenig wie für mein Schlagzeug, und ich wette, sie hält es für eine Art Deko-Gegenstand. Jedenfalls hat sie mich noch nie gebeten, ihr etwas darauf vorzuspielen, und natürlich habe ich mich auch nicht aufgedrängt. Mein Drumset und ich, wir sind ein gutes Team – und wir arbeiten am besten alleine. Ohne Zuhörer.

Wobei sich das in letzter Zeit ganz schön geändert hat. Henriette hatte absolut recht, meinem Vlog folgten bereits nach wenigen Tagen über fünfzig User, und jetzt, nach vier weiteren Beiträgen, sind es schon mehr als hundert Follower. Es gab auch schon einige Kommentare, was mich riesig gefreut hat. Die meisten klangen regelrecht begeistert und lobten meine

Liedauswahl, meine Kommentare oder ganz grundsätzlich meine Idee für das Vlog. Nur einer – offenbar ein erfahrener Drummer – hat einen kleinen Rhythmusfehler kritisiert, aber auf so nette Weise, dass ich mir nicht blöd vorkam.

»Meinst du Fußball, Leichtathletik, Fantasyromane oder Musikhören?«, fragt Romy zurück. Sie kennt mich eben supergut. Ich spiele kurz mit dem Gedanken, zu behaupten, es ginge um Fantasyromane, und ihr von meiner Lieblingsserie *Die Tribute von Panem* vorzuschwärmen. Doch sie würde mich ja sowieso durchschauen, also kapituliere ich.

»Musik. Aber es geht nicht nur ums Hören, sondern auch ums Spielen. Und um YouTube«, sage ich und spüre gleichzeitig, wie sich mein Herzschlag beschleunigt. Was, wenn Romy die ganze Sache blöd findet? Dann würde mir das die Freude an meinem neuen Projekt verderben. Nach außen wirke ich zwar ziemlich selbstbewusst und cool, aber in manchen Dingen bin ich das genaue Gegenteil davon. Und was meine beste Freundin über mich denkt, macht mir ganz schön was aus. Einmal fand sie eine Bluse, in der ich mir megaschick vorkam, *irgendwie lahm*, und schon hat sie mir auch nicht mehr gefallen. Deshalb bin ich jetzt ganz schön aufgeregt.

»Du sprichst in Rätseln«, unterbricht Romy mein Gedankenkarussell, und ich muss zugeben, dass sie wohl recht hat. Bevor ich weiter um den heißen Brei herumrede, öffne ich YouTube auf meinem Handy und zeige ihr meinen ersten Beitrag als *DrummerQueen*.

Kommentarlos sieht sie sich das komplette Video an und

macht dabei ihr berühmtes *Pokerface* – so wie in dem Song von Lady Gaga. Vielleicht sollte ich den auch mal in meinem Vlog vorstellen, überlege ich und unterdrücke ein nervöses Kichern.

Endlich legt sie das Handy zur Seite und mustert mich.

»Tessa Vogelsang, du bist eine richtige Heimlichtuerin.« An ihrer Miene lässt sich immer noch nicht ablesen, wie sie mein Video findet. *Albern? Stümperhaft? Langweilig? So na ja?*

»Und du erst!«, platze ich heraus. »Nun sag schon endlich was dazu.« Zum Glück bin ich keine Fingernägelkauerin, sonst könnte ich mich jetzt garantiert nicht beherrschen.

»Erkannt habe ich, ehrlich gesagt, nur dein T-Shirt. Warum ist denn dein Kopf nicht drauf?«

»Da fragst du noch? Glaubst du, ich habe Lust, mich vor aller Welt zum Horst zu machen? Wenn schon meine beste Freundin nicht gut findet, was ich da poste, dann würden mich alle anderen garantiert auslachen … Nein, es ist schon besser, dass keiner ahnt, wer hinter *DrummerQueen* steckt.« Meine Stimme zittert ein bisschen. Mist – ich bin schon wieder den Tränen nah. Plötzlich erschrecke ich: Ich habe vergessen, Romy vorab schwören zu lassen, dass sie keinem davon erzählt. »Und das soll auch so bleiben! Versprichst du mir, nichts zu verraten?«, füge ich deshalb schnell hinzu.

Romys Haare bewegen sich wie ein seidiger Vorhang, der sanft angeschubst wird, während sie den Kopf stirnrunzelnd auf die Seite legt, als könnte sie einfach nicht fassen, was sie da hört.

»Bist du verrückt geworden?«, fragt sie, statt auf meine Bitte einzugehen. »Wie kommst du darauf, dass ich dein Getrommel nicht gut finde? Im Gegenteil, es ist einfach … genial! Hör mal, fast zweihundert Follower in zwei Wochen, das ist ja der Hammer!«

»Echt? Dir gefällt's also doch?«

»Natürlich gefällt es mir. Megagut sogar! Aber ich frage mich, warum du dich versteckst. Das hast du echt nicht nötig.«

Das muss ich jetzt erst mal verdauen. Romy findet *DrummerQueen* also nicht peinlich oder langweilig – das ist die Hauptsache. Trotzdem bin ich ihr noch eine Antwort schuldig.

»Na ja, das ist immerhin das Internet. Da sollte man vorsichtig sein. Ich möchte meine Identität lieber nicht preisgeben. Jedenfalls noch nicht«, erkläre ich. Henriette und ich haben schon oft über das Thema gesprochen, und ich vertraue ihr da voll. Wenn sie sagt, dass man im Netz lieber anonym unterwegs sein sollte, dann glaub ich ihr das.

»Aber ich bin doch keine Fremde!«, ruft Romy aus, und jetzt wird mir klar, dass sie nicht die unbekannten Follower meint, sondern sich selbst. »Warum hast du mir nicht schon längst mal was vorgespielt? Meine beste Freundin ist eine supercoole Schlagzeugerin, und ich weiß nichts davon. Das darf ja wohl nicht wahr sein!«

Zerknirscht bitte ich sie um Verzeihung. »Sorry, ich hätte dir echt früher vertrauen sollen. Aber für mich ist die Musik einfach was ganz Persönliches. Ich bin am liebsten mit ihr allein.«

»Du magst sie wohl lieber als mich?«, fragt Romy schnippisch und verschränkt die Arme vor der Brust.

O nein, jetzt ist sie auch noch beleidigt …

Doch dann prustet sie los und fällt mir um den Hals. »Tessa, du bist die Coolste!«, japst sie. Erleichtert lache ich mit. Romy und ihr Pokerface! Sie sollte echt Schauspielerin werden. Unfassbar, dass ich nach all den Jahren noch auf ihre Tricks reinfalle …

»Ich bin so, so stolz auf dich, Tessa. Wetten, dass du eines Tages berühmt wirst?«

Dass sie immer dermaßen *übertreiben* muss. Aber ihre Begeisterung ist ansteckend, und ehrlich gesagt freue ich mich total darüber.

»Wer weiß. Aber bis dahin kein Wort über mein Vlog, versprochen?«

»Ist doch Ehrensache!«

Am nächsten Morgen treffen wir uns wie immer am Schultor.

»Hey, *DrummerQueen*«, begrüßt mich Romy strahlend.

»Sei still!«, mache ich erschrocken. Hat sie ihr Versprechen etwa schon wieder vergessen?

»Nur keine Panik«, grinst Romy. »Wer soll uns hier schon belauschen?«

Stimmt – weit und breit ist niemand in Hörweite. Dennoch bin ich leicht beunruhigt. Schließlich geht es ums Prinzip!

»Trotzdem – du hast es geschworen«, beharre ich trotzig.

»Alles klar, du kannst dich auf mich verlassen«, lenkt Romy

ein und hakt mich unter. »Komm, lass uns lieber den Vertretungsplan checken. Vielleicht fällt heute ja Mathe aus?«

Einträchtig marschieren wir zum Schwarzen Brett.

»Mist – keine Freistunden für uns«, stellt sie fest. »Mal sehen, was es sonst noch Neues gibt.«

In der Hoffnung, Romy hätte etwas übersehen, überfliege ich die Namen der krankgemeldeten Lehrkräfte noch einmal, aber unsere Klasse ist tatsächlich nicht betroffen. War ja klar. An einem Tag voller Hassfächer fällt natürlich auch nichts aus.

»Tsss, jetzt machen sogar schon die Lehrer Kommafehler«, ruft Romy empört. Sie hat sich unterdessen den weiteren Infos gewidmet und deutet auf einen der Aushänge. »Guck mal, da steht: *Neuer Drummer für die Schulband* The Rocking Teens *gesucht. Interessenten bitte bei Herrn König melden oder am Donnerstag gleich nach der 6. Stunde zum Probenraum kommen, um vorzuspielen.* Da fehlt doch ein Komma nach *oder*, oder?«

»Ähm – nein«, sage ich und verkneife mir eine ironische Bemerkung darüber, dass ihre Nachhilfe wohl noch nicht sonderlich viel gebracht hat. Gerade als ich erklären will, warum da garantiert kein Komma hinkommt, stößt Romy einen spitzen Schrei aus.

»Mensch, das wär doch was für dich, Tessa!«

Wie jetzt – ich soll ihre Deutschnachhilfe übernehmen?

»Das ist ein Zeichen! Die Zeit der Heimlichtuerei ist vorbei«, redet Romy auf mich ein, und ich begreife, dass sie nicht länger von Kommas redet. »Höchste Zeit, dass du einem richtigen Publikum zeigst, was du mit den Trommelstäben draufhast.«

»Die heißen Trommelstöcke oder Drumsticks«, korrigiere ich sie, und dann checke ich auf einmal, wovon sie die ganze Zeit redet. »Du meinst, ich soll …?«

»Allerdings meine ich das!«

»*Ich* in einer Band? Ich weiß nicht …« Okay, ich liebe mein Schlagzeug, und mein Vlog hat schon ganz schön viele Follower, aber ich fürchte, so einer Aufgabe bin ich nicht gewachsen. »Ich hab doch noch nie mit anderen zusammen gespielt, so richtig live, und schon gar nicht vor Publikum.«

Ich hätte mir denken können, dass Romy dieses Argument nicht gelten lässt.

»Na, hör mal! Du bist viel besser als der Typ, der da bisher am Schlagzeug saß«, widerspricht sie sofort. »Das weiß ich genau – schließlich habe ich mir gestern Abend noch alle Folgen von *DrummerQueen* angeschaut. Das ist *deine* Chance!«

»Pssst – du hast doch versprochen …«

Aber da ist es schon zu spät. Ausgerechnet Noel hat sie gehört – der extrem süße Sänger der Schulband.

»Ernsthaft? Du bist *DrummerQueen*?«, mischt er sich ein und schaut mich aus riesengroßen tiefblauen Augen an.

Es ist das erste Mal, dass Noel sich dazu herablässt, mich anzusprechen. Bisher hat er mich und überhaupt alle aus unserer Klassenstufe konsequent wie Luft behandelt. Deshalb bin ich jetzt auch viel zu erschrocken, um in vollständigen Sätzen zu antworten, sondern mache einfach nur: »Hm.« Dazu zucke ich mit den Schultern und ringe mir ein Lächeln ab, das vermutlich eher wie eine Grimasse des Wahnsinns aussieht.

»Na klar, hinter *DrummerQueen* verbirgt sich keine Geringere als meine Freundin Tessa Vogelsang«, verkündet Romy und tut so, als wäre das ganz allein ihr Verdienst.

So viel zum Thema Anonymität. Ihr Versprechen, mein Geheimnis zu bewahren, hat Romy ja gerade mal eine Viertelstunde gehalten. Ich sollte stinkwütend auf sie sein!

Aber ich bin es nicht.

Ich bin … sprachlos. Und kriege keine Luft mehr. Und überhaupt – warum rauscht es so in meinen Ohren, als stünde ich neben einem Wasserfall?

»Ist ja cool«, sagt Noel – jedenfalls ist es das, was ich durch das Rauschen hindurch zu verstehen glaube. Sein Lächeln haut mich fast um. Für einen Augenblick glaube ich, Liam Hemsworth in der Rolle als Gale vor mir zu haben und mitten in der Verfilmung von *Die Tribute von Panem* zu sein. Katniss an meiner Stelle hätte sicher eine treffende Antwort parat, die sie ihm pfeilschnell um die Ohren knallen würde. Ich dagegen grinse nur weiter und ringe mich schließlich zu einem krächzenden »Danke« durch.

Noel scheint das nichts auszumachen, im Gegenteil, er wirkt irgendwie beeindruckt. »Kaum zu fassen, dass du das bist. Gerade erst gestern habe ich deinen Beitrag über *Shallow* angesehen. Mega.«

Ich nicke. Alles, was es zu diesem Song zu sagen gibt, habe ich schon in meinem Video erwähnt. Zum Beispiel, dass es darin um die Sehnsucht nach einer tief gehenden Liebe geht und darum, dass die moderne Welt so verdammt oberflächlich ist. Überflüssig, das jetzt noch mal zu wiederholen, also schweige ich lieber, als dämlich herumzustammeln. Schon gar nicht über die Liebe!

»Autsch!« Etwas trifft mich heftig in die Seite – es ist Romys Ellbogen, den sie mir zwischen die Rippen gerammt hat.

Ich funkele sie empört an, aber immerhin hat mich der Schmerz von meiner Sprachlosigkeit befreit.

»Freut mich«, höre ich mich sagen. »*Shallow* ist einer meiner Lieblingssongs aus *A Star Is Born*. Die Stimmen von Lady Gaga und Bradley Cooper passen einfach super zusammen. Total gefühlvoll und kraftvoll zugleich.«

Wenn es um mein Lieblingsthema geht, fühle ich mich wieder auf sicherem Boden. Ich darf mich bloß nicht von Noels Lächeln ablenken lassen. Und schon gar nicht von seinen unglaublichen Augen. Wenn er wollte, könnte er sie als Fernsteuerung benutzen und mich dazu bringen, die unglaublichsten Dinge zu tun.

Zum Glück will er wohl einfach nur nett sein.

»Du solltest morgen wirklich zum Vorspiel kommen«, sagt er. »Bei *The Rocking Teens* spielen zwar bisher nur Jungs mit, und alle sind über fünfzehn, aber du bist echt gut.«

»Cool«, erwidere ich. »Mal sehen.«

»Nicht ›mal sehen‹ – lieber: Wir sehen uns«, grinst er, dann dreht er sich um und verschwindet in Richtung Treppenhaus.

Ich stehe da wie versteinert.

»Süßer Typ, was?«, kommentiert Romy. Und deutlich lauter ruft sie Noel hinterher: »Natürlich kommt sie, dafür werde ich schon sorgen.«

Ich seufze. Was hab ich mir da nur eingebrockt?

04

»Girl On Fire«

Oder: Diagnose schockverknallt

Natürlich war Noel nicht der Einzige, der mitbekommen hat, wie Romy mich als *DrummerQueen* geoutet hat. Am Schwarzen Brett herrscht morgens immer ein ganz schönes Gedränge, und wie jeden Morgen waren auch heute ein paar Leute aus unserer Klasse dabei. Olivia und Aaron haben mit offenen Mündern mein Gespräch mit Noel verfolgt und es dann brühwarm Mia, Felix, Sophie und Ruben erzählt, die es wiederum an Jana, Max, Anne und Justus weiterverbreitet haben. Und so kam es, dass spätestens bis zur großen Pause alle Bescheid wussten. Die wenigsten von ihnen kannten mein Vlog – bisher jedenfalls. Jetzt beugen sie sich bei jeder Gelegenheit über ihre Handys, und ich kann mir gut vorstellen, was sie sich da anschauen …

»Ich wusste gar nicht, dass du so gut Schlagzeug spielst«, sagt Max, während wir vor der fünften Stunde in Richtung Physiksaal gehen.

»Ähm, na ja, bisher habe ich auch nur so vor mich hin geübt«, erwidere ich, und das schon zum bestimmt siebten Mal für heute, denn Max ist natürlich nicht der Erste, der mich darauf anspricht.

»Wenn du wirklich diese *DrummerQueen* bist, solltest du unbedingt in der Schulband mitmachen«, findet Sophie. »Höchste Zeit, dass die mal jemanden aus der Siebten aufnehmen. Und vor allem ein Mädchen. Also, ich fände es richtig cool.«

»Hm«, mache ich und bemühe mich um ein Lächeln, denn ich weiß noch immer nicht, wie ich die ganze Sache finden soll. Leide ich vielleicht an Selbstüberschätzung? Oder bin ich wirklich so gut, wie Romy glaubt? Wobei – Romy kann das eigentlich gar nicht beurteilen. Aber Noel kann – und der will ja unbedingt, dass ich mich bewerbe. Hat er das wirklich ernst gemeint? Meine Gedanken drehen sich im Kreis, bis mir fast schwindelig davon wird.

Jedenfalls bin ich ganz froh, als endlich der Unterricht beginnt und ich mich in der letzten Reihe sozusagen unsichtbar machen kann.

Während sich Dr. Mägerlein an der Tafel abmüht, uns die Ohm'schen Gesetze zu erklären, in denen es um irgendwas mit Widerstand geht, versuche ich gar nicht erst, ihm zu folgen. Selbst wenn mein Gehirn für Physik gemacht wäre (was es definitiv *nicht* ist), könnte ich mich heute nicht darauf konzentrieren. Stattdessen stelle ich mir vor, wie ich morgen – tatsächlich, schon morgen! – zum Probenraum gehe und mich als Drummerin für *The Rocking Teens* bewerbe. Ich sehe jetzt schon Herrn Königs ungläubigen Blick vor mir. Wie er die

Stirn runzelt und mir schonend beizubringen versucht, dass ich hier wohl ziemlich verkehrt bin. Und wie mich die anderen Bandmitglieder auslachen. Eine Zwölfjährige in der Schulband, das gab's ja noch nie! Wird Noel ihnen widersprechen? Wird er sich überhaupt erinnern, mich dazu aufgefordert zu haben? Oder hat er mich am Ende nur verkohlt? Ich schließe die Augen und versuche mich an seinen Blick zu erinnern. Hat er etwa amüsiert gewirkt? Oder ironisch?

Hm. Schwer zu sagen. Ich kenne ihn ja nicht. Noch nicht. Wenn ich erst in der Schulband mitspiele, könnte sich das ändern. Hoffentlich!

Ich denke daran, wie er mich mit seinen blauen Augen fixiert und dann angelächelt hat. Und an das Rauschen in meinen Ohren … Und da kapiere ich es auf einmal: Ich bin *schockverliebt*!

Ja, das muss es sein. Warum sonst habe ich mich in Noels Gegenwart wie gelähmt gefühlt und gleichzeitig unfähig, meinen Blick von ihm zu wenden?

Ich versuche, mich daran zu erinnern, wie Henriette die Symptome dieses Gefühls beschrieben hat. Sie fallen mir nicht alle ein, aber immerhin komme ich auf drei davon: rasendes Herzklopfen, grundlose Glücksgefühle und plötzlich einsetzende Unzurechnungsfähigkeit. *Check!* Hab ich alles.

Urplötzlich steht Dr. Mägerlein vor mir. »Würdest du mich mit deiner ungeteilten Aufmerksamkeit beehren, Tessa Vogelsang?«, sagt er übertrieben liebenswürdig. Diesen Tonfall hat er immer drauf, wenn er kurz davor ist, auszuticken und uns einen Vortrag über den Ernst des Lebens, unsere Faulheit und unsere jämmerlichen Zukunftsaussichten zu halten – ein Schicksal, das sich seiner Meinung nach ausschließlich durch gute Noten in Physik abwenden lässt.

»Aber sicher, Dr. Mägerlein, ich hör doch zu«, behaupte ich einfach mal. Bevor ich zugebe, dass ich in Tagträumen versunken war, kann ich auch erst einmal bluffen.

»Wunderbar, umso besser«, jubelt Dr. Mägerlein, und ich spüre mit jeder Faser meines Körpers, dass er mich durchschaut. »Dann kannst du auch sicher diese Frage beantworten: Angenommen, die Spannung U und der Stromfluss I sind gegeben. Welche Größe kannst du dann damit ausrechnen?«

Puh! Keine Ahnung. Ebenso gut könnte er Russisch mit mir sprechen, so wie Romy mit ihrer Mutter. Ich habe wirklich keinen Schimmer von Physik und weiß nur, worum es gerade so ungefähr geht.

Wobei – nein, so einfach kann das doch nicht sein. Ach, was soll's, ich muss jetzt irgendwas improvisieren, und lieber blamiere ich mich mit einer falschen Antwort, als einen der berühmten Mägerlein-Ausbrüche zu verursachen.

»Den … Widerstand?«, schlage ich vor.

Dr. Mägerlein wirkt überrascht, doch so leicht lässt er sich nicht zufriedenstellen. »Soll das deine Antwort sein oder eine neue Frage?«

Vorsicht! Das könnte eine Falle sein. Andererseits: Wäre Widerstand vollkommen falsch, hätte er mir seinen entsprechenden Kommentar längst um die Ohren gehauen. War Widerstand also richtig? Ich bin zwar nicht so gut wie Romy darin, ein Pokerface zu zeigen, doch diesmal setze ich eiskalt alles auf eine Karte: »Meine Antwort. Sie ist doch wohl richtig, oder?«

»Absolut. Noch mal Glück gehabt, Tessa.« Dr. Mägerleins Augen funkeln gefährlich. Als würde er sich etwas besonders Fieses ausdenken. Und tatsächlich. »Dann kannst du mir auch sicher beantworten, was …«

Ich wäre jetzt garantiert gnadenlos aufgeflogen, aber die Klingel erlöst mich. Sie kündigt das Ende der Stunde und damit meine Rettung an. Dr. Mägerlein hatte absolut recht: *Noch mal Glück gehabt!*

An diesem Nachmittag nehme ich ein neues Video für mein Vlog auf. *Girl On Fire* von Alicia Keys. Eine Ballade, in der mindestens so viel Power steckt wie in einem Formel-1-Wagen. Für mich als Schlagzeugerin ist das eine ganz besondere Herausforderung, denn ich kann mich so richtig austoben.

Doch bevor ich die Aufnahme starte, höre ich den Song in Dauerschleife – bis ich den Text auswendig kann und sogar Burki mitjault. Trotzdem weiß ich hinterher immer noch nicht genau, worum es in *Girl On Fire* geht: um ein heißes Mädchen, das alle Blicke auf sich zieht? Um eine junge Frau, die sich selbst immer wieder neu erfindet und nach jeder Niederlage wie Phönix aus der Asche steigt? Oder darum, so verliebt zu sein, dass man das Gefühl hat, innerlich zu verbrennen?

Denn genau so geht es mir gerade. Ich stehe in Flammen, ehrlich! Doch das erzähle ich jetzt lieber nicht.

Stattdessen lobe ich Alicia Keys' kraftvolle Stimme und den Optimismus, den dieser Song ausstrahlt: »Lasst euch nie unterkriegen. Wenn ihr etwas findet, wofür ihr so richtig brennt, dann bleibt dran, kniet euch rein, macht was draus!«, fordere ich meine Follower auf.

Meinetwegen können sie es auf mein Ziel beziehen, in die Band aufgenommen zu werden oder mein Vlog bekannter zu machen. Hauptsache, man merkt mir nicht an, an wen ich in Wirklichkeit denke …

Kaum habe ich das Video hochgeladen, da klopft Paps an und fragt, ob ich es für eine halbe Stunde mal ohne *Girl On Fire* aushalte – es gebe Abendbrot. Da merke ich erst, wie ausgehungert ich bin!

Nach dem Essen muss ich noch Hausaufgaben machen, danach ist es Zeit fürs Bett. Doch vor lauter Aufregung kann ich nicht einschlafen. Leider gelingt es mir auch nicht, mich auf mein Buch zu konzentrieren, obwohl es echt spannend ist. Stattdessen liege ich im Bett und denke an Noel, an meine Enttarnung als *DrummerQueen* und vor allem an das morgige Vorspiel.

Bestimmt bin ich nicht gut genug für die Band! Ich werde mich dermaßen blamieren …

Kurz vor Mitternacht beschließe ich, ein bisschen mit Henriette zu skypen – solange sie mich nicht beruhigt hat, kann ich ohnehin nicht einschlafen.

Die Ärmste sitzt noch am Schreibtisch und lernt. Allein bei

der Vorstellung vergeht mir jede Lust auf ein Studium. Das muss ja noch viel anstrengender sein als Schule!

»Hey, kleine Schwester«, begrüßt sie mich, offenbar dankbar für eine kurze Lernpause.

»Hey, große Schwester«, erwidere ich. Dabei klinge ich so kläglich, dass Henriettes fröhliches Gesicht sofort ernst wird.

»Ist etwas passiert? Geht es dir gut? Hast du ein Problem?«, bombardiert sie mich sofort mit ihren besorgten Fragen.

»Na ja, schon. Und eigentlich ja. Und noch mal ja«, beantworte ich sie in der Reihenfolge, in der sie sie gestellt hat. Henriette hat das früher bei Mum auch oft so gemacht und sie damit komplett verwirrt. Vielleicht begreift sie deshalb in Sekundenschnelle, was ich meine.

»Es ist also etwas passiert, aber nichts Schlimmes, und eigentlich geht es dir auch gut, aber du hast ein Problem«, fasst sie zusammen. Hab ich schon mal erwähnt, dass Henriette wahnsinnig klug ist?

Ich fühle mich schon tausendmal besser als vor unserem Gespräch und spüre, wie ich langsam müde werde. Deshalb beeile ich mich, ihr die Sachlage zusammenzufassen. Möglichst knapp erzähle ich von Romys unbedachter Bemerkung heute früh am Schwarzen Brett, von dem Aushang der Schulband und von Noels Aufforderung, auf jeden Fall zum Vorspiel zu kommen.

Henriette, die mein Vlog natürlich von Anfang an verfolgt hat, freut sich riesig über meinen Erfolg – so viele Follower hatte sie damals noch nicht nach so kurzer Zeit.

»Romy ist nun mal ein Plappermäulchen. Dass sie nicht lange dichthält, hättest du dir denken können«, grinst sie. »Im Grunde ist es doch super, dass dieser Noel das mitbekommen hat – von selbst hättest du dich doch eh nie getraut, dich als Drummerin für *The Rocking Teens* zu bewerben, oder?«

Ich muss zugeben, dass sie recht hat. Dann denke ich an Noels Lächeln und bekomme ganz heiße Ohren.

»Nein, oder? Du bist ja total verknallt! In diesen Noel? Hast du ein Foto, oder soll ich ihn mal googeln?«

Verdammt! Warum muss meine clevere Schwester so eine Schnellmerkerin sein?

»Kann sein«, seufzte ich, »aber das beruht garantiert nicht auf Gegenseitigkeit. Immerhin ist er ja schon fast sechzehn und wird von allen angehimmelt. Da hab ich eh keine Chance.«

Oh Mann. Warum hört sich das so verdammt logisch an? Und warum widerspricht Henriette mir nicht?

»Ist ja auch egal«, sagt sie stattdessen. »Schließlich geht es ja um das Vorspiel morgen. Warum sollte das ein Problem sein? Du bist schließlich *DrummerQueen*!«

»Ich weiß nicht – bin ich auch wirklich gut genug? Immerhin bin ich erst zwölf. Und total unerfahren …«

»Du bist *fabelhafte zwölf* und eine ganz unglaubliche Drummerin«, korrigiert mich meine wunderbare große Schwester, und auch wenn das ein bisschen albern ist, muntert es mich schon etwas auf.

»Findest du? Ich soll es also wagen?«

»Du wirst es auf jeden Fall wagen«, erwidert Henriette entschieden. »Das Schlimmste, was passieren kann, ist doch bloß, dass du *nicht* die Drummerin der Schulband wirst. Das heißt, es würde sich überhaupt nichts ändern, denn das bist du ja jetzt auch nicht.«

Klingt logisch, irgendwie. Trotzdem …

Natürlich bin ich noch hundemüde, als mein Wecker klingelt. Fünfeinhalb Stunden Schlaf sind einfach nicht genug. Burki, der neben meinem Bett liegt, blinzelt nur verschlafen, dann schnarcht er weiter. Der Glückliche!

Ich wälze mich aus dem Bett und werde nicht mal unter der Dusche richtig wach. Irgendwie ist mir … flau. So richtig krank fühle ich mich nicht, aber auch nicht richtig fit. Die Nervosität fühlt sich an, als hätte ich Ameisen im Magen. Dagegen hilft nur essen, das weiß ich aus Erfahrung.

»Ich glaube, ich bleibe heute lieber daheim«, verkünde ich am Frühstückstisch.

»Wer so tüchtig zugreifen kann, kann auch in die Schule gehen«, lautet Mums gnadenloses Urteil.

Mist. Vielleicht hätte ich mich beim Essen ein bisschen zurückhalten sollen. Aber ihr Vollkorn-Walnussbrot mit dem selbst gemachten Pflaumenmus, das sie auch in ihrem Hofladen *Rapunzels Schatztruhe* verkauft, schmeckt nun mal zu lecker!

»Na gut«, gebe ich murrend nach. »Aber wundere dich nicht, wenn später ein Anruf aus dem Sekretariat kommt, dass du deine arme, schwache Tochter abholen sollst.«

Mum wirft mir nur einen ihrer *Nicht dein Ernst*-Blicke zu. Sie lässt nun mal keine Ausreden durchgehen, und Schule schwänzen kommt für sie überhaupt nicht infrage. Dabei hat sie selbst früher öfter mal blaugemacht, vor allem, wenn eine Doppelstunde Chemie auf dem Stundenplan stand. Das hat mir Oma Lydia im Vertrauen verraten – deshalb kann ich das jetzt leider nicht gegen sie verwenden, sonst wüsste sie sofort, wer meine Quelle ist, und wäre am Ende noch sauer auf Oma.

»Tessa hat vielleicht die Fresskrankheit«, mischt sich Mika ein und bringt damit immerhin unsere Eltern zum Lachen. Ich dagegen mache mich auf den Weg zur Schule – mit Ameisen im Magen, die sich gefühlt über die Pflaumenmusbrote hermachen …

Vom Unterricht kriege ich nicht besonders viel mit. Mindestens sieben Mal muss mich Romy anschubsen, weil ich mal wieder nicht kapiere, dass ich direkt angesprochen worden bin. Manchmal komme ich wie durch ein Wunder von selbst auf die richtige Antwort, zweimal muss Romy mir vorsagen, worin sie dank ihrer Haar-Gardine richtig gut ist, und einmal muss ich passen. Ausgerechnet in Musik. Dabei hätte ich die Antwort locker gewusst, wenn ich die Frage mitbekommen hätte.

Heute ist einfach nicht mein Tag.

Okay, das ist vermutlich nicht die ideale Voraussetzung für mein Vorspiel, aber ich finde es eh klüger, das Schlimmste zu erwarten – umso kleiner dann die Enttäuschung.

Romy will mich unbedingt zum Probenraum begleiten. Obwohl ich jetzt wirklich lieber allein wäre mit meinen feuchten Händen, meinem grummelnden Magen und meinem klopfenden Herzen, lässt sie es sich nicht ausreden.

»Ich schätze mal, die wirst du alle locker ausstechen«, kommentiert sie die Tatsache, dass außer mir bereits fünf potenzielle Bandschlagzeuger darauf warten, hereingebeten zu werden. Sie sind alle männlich, alle mindestens fünfzehn und garantiert banderfahrener als ich. Am liebsten würde ich mich auf dem Absatz umdrehen und abhauen.

»Da hab ich doch nie im Leben eine Chance«, wispere ich ihr zu. Nicht, weil mir das peinlich wäre, sondern um Romy dazu zu bringen, ebenfalls leiser zu reden. Doch die denkt überhaupt nicht daran.

»Nix da. Du schaffst das. Diese Band braucht nicht irgendeinen Drummer, sondern eine *DrummerQueen*!«

Es ist ja wirklich wahnsinnig lieb von ihr, dass sie mir Mut machen will, aber ehrlich gesagt wäre es mir tausendmal lieber, sie wäre endlich still.

Da biegt plötzlich Laurenz um die Ecke. Mit ihm bin ich seit dem Kindergarten befreundet – leider hat er Latein gewählt, nicht Französisch, so wie ich. Deswegen kam er in eine Parallelklasse, sodass wir uns längst nicht mehr so oft sehen wie früher.

»Hey, Tess, ich hab gehört, du spielst gleich vor«, sagt Laurenz. »Ich drück dir die Daumen!«

Okay. Offenbar hat sich das Thema also auch in der 7b schon herumgesprochen.

»Danke. Ich hoffe, es hilft.«

Bevor Laurenz antworten kann, wird die Tür zum Probenraum geöffnet, und Herr König taucht in der Öffnung auf. Er muss sich leicht vorbeugen, um sich nicht den Kopf zu stoßen, denn er ist ein ziemlicher Riese.

»So, dann wollen wir mal«, sagt er und winkt den ersten Bewerber herein. Ein Zehntklässler mit wilden Locken und gigantischen Pickeln erhebt sich.

Die Tür, die sich hinter ihm schließt, scheint wirklich gut isoliert zu sein, denn sosehr ich mich auch anstrenge, es ist nicht das Geringste zu hören. Schade – ich wüsste zu gern, was sich da drinnen gerade abspielt. Was muss der Locken-Pickel-Junge vorspielen? Ist Herr König mit ihm zufrieden? Und die Band?

Leider lässt sich das an seiner unbeteiligten Miene nicht ablesen, als er gerade mal drei Minuten später den Probenraum wieder verlässt.

Er wird durch einen Elftklässler mit Bart und Man Bun abgelöst und der wiederum bald darauf durch einen Brillenträger, der fast so groß ist wie Herr König.

Im Vergleich zu meinen Konkurrenten fühle ich mich wie ein Küken. Mir sinkt das Herz in die Hose. Garantiert habe ich nicht die geringste Chance – gegen keinen von ihnen!

Irgendwann bin ich die Letzte, die noch wartet – und wären nicht Romy und Laurenz bei mir, würde ich jetzt wohl einfach abhauen. Doch die beiden würden das nie im Leben zulassen, also versuche ich es gar nicht erst.

Und dann ist es auch zu spät für Fluchtpläne: Herr König bittet mich herein.

Mit Wackelpudding in den Beinen betrete ich den Probenraum. Die Bandmitglieder starren mich an. Ich senke meinen Blick.

»Okay«, sagt Herr König, »du möchtest also unsere Schlagzeugerin werden. Richtig?« So ganz kann er seine Verwunderung nicht verbergen, aber wenigstens lacht er mich nicht aus.

»Ähm, also, na ja, ich bin Tessa, und ich … kann es ja mal probieren«, stammele ich. Ich höre selbst, wie wenig überzeugend das klingt.

»Bist du dir da sicher?« Herrn König beschleichen jetzt doch Zweifel an meiner Eignung.

»Das geht schon klar«, mischt sich Noel auf einmal ein. »Tessa ist *DrummerQueen.* Sie hat einen eigenen YouTube-Kanal, dem ich folge, und ist richtig gut.«

»Nun denn. Dann zeig uns mal, was du draufhast«, sagt Herr König. Er wirkt nicht sonderlich beeindruckt. »Welchen Song aus unserem Repertoire hast du denn vorbereitet?«

Ähm – wie bitte? Vorbereitet? Gar nichts! Ich kenne ja noch nicht mal das Repertoire.

Krampfhaft überlege ich, was *The Rocking Teens* auf dem letzten Schulfest gespielt haben. Irgendwas von Andreas Bourani – oder war es Adel Tawil?

»Tessa hat sie sicher alle drauf«, erwidert erneut Noel an meiner Stelle, und ich möchte am liebsten im Boden versinken. Ging es ihm etwa die ganze Zeit nur darum, mich in diese unmögliche Situation zu bringen? Gleich werden sie mich als Hochstaplerin enttarnen, ich werde mich bis auf die Knochen blamieren und wie ein begossener Pudel von dannen ziehen. Am besten kürze ich die Sache ab, sage gleich, dass das Ganze ein Irrtum war, und haue hier ab.

»Ich würde vorschlagen, wir nehmen … *Girl On Fire*. Das kennst du doch sicher, Tessa, oder?« Noel lächelt mich aufmunternd an und zwinkert mir zu.

05

»Hymn For The Weekend«

Oder: Hauptsache einstimmig

»Na, wie war's? Bist du in der Band? Was haben sie gesagt? Fanden sie's cool? Garantiert waren alle begeistert. Nun sag schon!«

Romy hört nur deshalb auf, mich mit Fragen zu bombardieren, weil ihr einfällt, dass sie auf keine davon eine Antwort bekommen wird, wenn sie mich nicht zu Wort kommen lässt.

Ich ziehe eine Grimasse. »Keine Ahnung, wie es war. Oder wie sie mich fanden. Ehrlich gesagt weiß ich gerade gar nichts.«

Das ist die reine Wahrheit. Seit Noel den Titel *Girl On Fire* genannt hat, funktioniert mein Gehirn nicht mehr richtig. Ich bin gleichzeitig verwirrt, glücklich, erleichtert, beschämt und – natürlich – verliebt.

Im ersten Moment dachte ich, er sieht mir an, wie verknallt ich bin, und macht sich über mich lustig. Dann wurde mir klar, dass er bestimmt mein Video gesehen hat und mir helfen will.

Das hat mich völlig umgehauen, echt!

Meine Gefühle sind zwar völlig aus dem Takt, aber meine

Hände mit den Drumsticks nicht. Zum Glück habe ich das Stück gestern so oft gehört und mitgespielt, dass ich es eben wie ferngesteuert am Schlagzeug begleiten konnte, ohne darüber nachzudenken, was ich da tue.

Natürlich klingt Noels Stimme völlig anders als die von Alicia Keys. Er singt den Song eher, wie Kurt Cobain es getan hätte, wenn er ihn noch erlebt hätte. Vielleicht nicht ganz so verzweifelt und wütend wie der Nirvana-Frontmann, den Paps so cool findet, aber ungefähr so kehlig. Dadurch klingt *Girl On Fire* weniger nach Hymne als vielmehr nach Revolution …

Die Version gefällt mir. Noel ist ein wirklich ungewöhnlicher Leadsänger. Aber die anderen Bandmitglieder sind auch nicht übel – Linus an der Gitarre, Elias am Bass und Fynn am Keyboard. Es war unglaublich, mit ihnen gemeinsam Musik zu machen. Für einen Moment hatte ich vorhin das Gefühl, schon dazuzugehören. Erst dann ist mir eingefallen, dass die Entscheidung ja noch gar nicht gefallen ist. Und das wird auch noch eine Weile so bleiben.

»Wir werden das erst intern diskutieren und dann abstimmen«, hat mir Herr König nach meinem Vorspiel mitgeteilt. »Gib uns deine Handynummer, damit wir dir Bescheid sagen können.«

Niemand hat meine Leistung am Schlagzeug kommentiert. Obwohl ich richtig gut war! Doch anschließend kam ich mir reichlich bescheuert vor – als hätte ich gerade mein allergrößtes Geheimnis verraten und keinen interessiert's. Tsssss.

Wenigstens wurde ich nicht ausgelacht. Diesen Moment, in

dem ich mir wirklich vorgestellt habe, ich wäre Teil der Band, kann mir niemand mehr nehmen.

»Ganz bestimmt werden sie sich für dich entscheiden«, sagt Romy im Brustton der Überzeugung. Sie ist wirklich eine unverbesserliche Optimistin.

»Wetten, dass nicht?«, erwidere ich nur aus Prinzip. Nicht, weil ich Romy unbedingt widersprechen will, sondern weil zu viel Zuversicht gefährlich ist. Da wird man bloß enttäuscht. Lieber bin ich pessimistisch und werde dann positiv überrascht. Oder eben auch nicht. Aber dann ist man wenigstens darauf vorbereitet.

»Okay, lass uns wetten. Um eine von diesen coolen neuen Sonnenbrillen. Die mit den bunten Gläsern.«

»Bin dabei. Die Wette gilt!«

Ich weiß schon, welche ich mir aussuchen werde. Denn selbstverständlich werde ich diese Wette gewinnen!

Ich bin noch nicht ganz zu Hause, als mein Handy klingelt. Weil ich die Nummer nicht kenne, melde ich mich nur mit »Hallo«. Bestimmt einer dieser blöden Werbeanrufe, denke ich.

»Hey, Tessa. Hier ist Noel. Ich wollte es dir unbedingt persönlich sagen.«

Na toll. Als ob es dann leichter wäre. Eine Absage ist immer bitter, auch wenn man damit gerechnet hat. Wenigstens darf ich mich auf eine coole Sonnenbrille freuen.

»Okay«, erwidere ich. Soll er es einfach hinter sich bringen.

»Tja, die Abstimmung ist einstimmig ausgegangen. Sogar Herr König war unserer Meinung – und das kommt nicht allzu oft vor. Du hättest ihn hören sollen, als wir *Vincent* von Sarah Connor ins Programm genommen haben …«

Wie auch immer. Die Meinungsverschiedenheiten zwischen der Schulband und dem betreuenden Lehrer interessieren mich nicht sonderlich. Sie gehen mich schließlich nichts an.

»Aber diesmal waren wir uns einig. Du bist die neue Drummerin von *The Rocking Teens*!«

Moment. Ich muss mich wohl verhört haben.

»Für … für wen habt ihr euch entschieden?«

Noels Lachen klingt voll nett. Ich weiß genau, wie cool er dabei bestimmt aussieht. Als ob das wichtig wäre. Ich bin verwirrt. Jetzt hab ich schon Halluzinationen! Eben dachte ich schon glatt, er hätte gesagt …

»Für dich, Tessa. Du bist unsere neue Schlagzeugerin. Wir haben uns für die *DrummerQueen* entschieden.«

Na gut. Ich habe mich offensichtlich doch nicht verhört. Aber kann das wirklich ernst gemeint sein?

»Du machst Witze. Ich bin zwölf«, krächze ich.

»Na und? Du warst einfach die Beste«, lacht Noel. »Ich schicke dir gleich unsere Setlist und den Terminplan. Übrigens: Morgen Nachmittag um drei ist Bandprobe. Sei pünktlich. Ohne Drummer sind wir es nämlich alle nicht …«

Ich grinse. Da hat er wohl recht. Mein Schlagzeug gibt künftig Tempo und Rhythmus für *The Rocking Teens* vor.

»Bis morgen«, sage ich noch schnell, bevor er auflegt, aber

bin mir nicht sicher, ob er das überhaupt noch gehört hat. *Egal.* Ich bin zu glücklich, um mir über solche Kleinigkeiten den Kopf zu zerbrechen.

»Yesssss«, rufe ich laut und vollführe den Jubeltanz, den ich früher immer zum Besten gegeben habe, wenn ich beim Fußball ein Tor geschossen habe. Paps hat es mal als eine Mischung aus Bauchtanz und Kickboxen beschrieben – und ich streite nicht ab, dass da was dran sein könnte. Mit anderen Worten: Es sieht vermutlich ziemlich albern aus. *Na und?* Ob mich jemand dabei beobachtet, ist mir vollkommen schnuppe. Ich würde platzen, wenn ich mich nicht lauthals und mit vollem Körpereinsatz freuen dürfte!

Nach meiner kleinen Tanzeinlage mache ich mich endgültig auf den Heimweg. Ich gehe nicht, ich schwebe wie auf Wolken! Natürlich muss ich sofort Romy anrufen, um ihr die frohe Botschaft zu überbringen.

»Ich wusste es!«, sagt sie mindestens fünf Mal, und ebenso oft erinnert sie mich daran, dass sie die Wette gewonnen hat und ich ihr eine Sonnenbrille schulde. Wir beschließen, spätestens nächstes Wochenende gemeinsam shoppen zu gehen. Denn so fies, ihre Tochter sogar am Wochenende zu Nachhilfeunterricht zu verdonnern, sind nicht mal Romys Eltern!

Im Hof zwischen unserem Wohnhaus und Mamas Laden begegnen mir Paps und Mika. Sie sind unterwegs zum Kinderarzt.

»Ist Mika etwa krank?«, frage ich erschrocken.

»Nein, ich muss bloß zur *Vorsoßensuchung*«, erklärt mein

kleines Brüderchen todernst und bringt mich damit zum Lachen.

»Vorsorgeuntersuchung«, übersetzt Paps überflüssigerweise. So viel konnte ich mir selbst zusammenreimen, denn ich bin das gewohnt. Mika kann sich komplizierte Wörter nun mal nicht merken, und dann erfindet er sie eben neu. So hat er neulich im Kindergarten erklärt, Paps würde im *Einwohnermehlamt* arbeiten und Mum hätte einen *Biergemüseladen.* Seiner Meinung nach studiert Henriette nicht Publizistik, sondern *Pupsilustig*, und Levin macht in Kanada nicht Work and Travel, sondern *Würgetreppe.*

Weil Paps und Mika etwas in Eile sind, erzähle ich ihnen noch nichts von der Band. Das hat Zeit bis später.

Dann erfährt es Mum eben als Erste. Doch als ich die Tür zu ihrem Hofladen öffne, sehe ich, dass in *Rapunzels Schatztruhe* gerade Hochbetrieb herrscht. Mit anderen Worten: Sie hat jetzt garantiert keine Zeit, sich mit mir zu unterhalten. Ich winke ihr also nur kurz zu und beschließe, meinen Triumph einfach mit Burki zu feiern.

Burki ist allerdings nicht in Feierlaune, sondern hat ein dringendes Geschäft zu erledigen. Das erkenne ich an der Art, wie er mich begrüßt. Mit leisem, aber eindringlichem *Wuff* und einem Nasenstupser.

Na gut. Es ist ja schönes Wetter. Ich schnappe mir die Leine und gehe mit ihm raus.

»Ist das zu fassen, Burki?«, sage ich, als wir auf den Feldweg einbiegen. »Ich bin in der Schulband. Alle waren dafür! Und

Noel wollte es mir unbedingt persönlich mitteilen. Das hat doch was zu bedeuten, findest du nicht?«

Burki hebt ein Bein und pieselt genüsslich ins Gras. Ich werte das als Zustimmung. Gerade will ich ihm noch erzählen, dass Noel sogar einen Musikerwitz gemacht hat (was ziemlich cool ist, weil es zeigt, dass er mich nicht von oben herab behandelt, sondern als echtes Bandmitglied), da geht eine WhatsApp ein. Als ich sehe, dass sie von *ihm* ist, lasse ich vor lauter Schreck und Freude die Leine los. Burki interpretiert das als Startsignal und rast los, doch weil weit und breit keine Spaziergänger, Hunde oder Rehe zu sehen sind, bleibe ich entspannt. Er wird schon wiederkommen. Statt ihm nachzujagen, öffne ich lieber Noels Nachricht. Sie besteht hauptsächlich aus dem abfotografierten Probenplan, den Terminen der nächsten Auftritte und der Setlist. Darunter steht nur: *Wie versprochen. Bis morgen.* Nicht mal ein Gruß und schon gar kein Smiley. Bestimmt war er in Eile. Und vielleicht schreibt er ja einfach ungern. Am Telefon vorhin war er jedenfalls nicht so wortkarg.

Ich checke die Setlist. Cool, gleich mehrere meiner absoluten Lieblingssongs stehen drauf! Andere kenne ich gar nicht, aber das lässt sich ja ändern.

Ich scrolle runter.

Puh, das sind ja ganz schön viele Titel. Und die muss ich alle bis zum Schulfest draufhaben? Vermutlich. Ich rechne nach, wie viel Zeit mir bis dahin bleibt, um die Songs einzustudieren, und stelle erschrocken fest, dass es gerade mal drei Wochen sind.

Drei Wochen – für zwanzig Stücke!

»Wie soll ich das bloß schaffen?«, rufe ich aus.

»Wuff«, macht Burki, der gerade wieder um die Ecke biegt. Um ein Haar hätte ich ihn nicht erkannt, denn er ist über und über mit Schlamm besudelt.

»Du Dreckspatz«, schimpfe ich. »Warst du etwa im Tümpel?«

»Wuff-wuff«, bestätigt Burki und guckt mich treuherzig an, als wollte er sagen: *Aber Zweibeinerin Tessa, es ist doch so heiß, und im Tümpel kann ich mich so herrlich abkühlen.*

»Du bekommst gleich eine Abkühlung«, verspreche ich ihm. »Eine aus dem Wasserschlauch. So kommst du jedenfalls nicht ins Haus und schon gar nicht in mein Zimmer.«

Gesagt, getan. Hinterher bin ich ebenfalls pitschnass, aber das macht nichts, es ist wirklich ganz schön heiß.

Erst rubbele ich Burki mit einem Handtuch ab, dann ziehe ich mich um und mache es mir schließlich mit Handy und Kopfhörern auf dem Bett bequem. Burki muss auf dem Boden bleiben, solange er noch nicht ganz trocken ist. So lieb ich Burki habe – ich habe echt keine Lust auf ein Bett, das nach nassem Hund mieft! Erst schmollt er ein bisschen, dann siegt die Müdigkeit, und er fängt an zu schnarchen.

Eigentlich sollte ich jetzt Hausaufgaben machen und auch für die Englischarbeit üben, die am Montag ansteht, aber das muss warten. Vorher erstelle ich noch schnell eine Playlist, die aus den Songs der Band besteht, damit ich mich schon mal einhören kann.

Während ich einen halbherzigen Aufsatz über eine elendig lange Ballade von Theodor Fontane schreibe, lasse ich die Songs rauf und runter laufen, bis mir ihre Rhythmen in Fleisch und Blut übergehen. Dann noch schnell Mathe und ein paar Vokabeln lernen, alles mit Musik auf den Ohren …

Ich merke gar nicht, wie die Zeit vergeht, und bin ganz überrascht, als Mika mich zum Abendessen ruft. Er behauptet, es gäbe Spargel mit *Sosselenäs*, und diesmal stehe ich tatsächlich auf dem Schlauch. Auf Sauce hollandaise wäre ich im Leben nicht gekommen!

Mama wirkt gestresst, weil sie nachher noch irgendwelche Steuerunterlagen sortieren muss, und Paps ist mal wieder in Eile, weil er losmuss zu seinem Entspannungskurs. Ich frage mich, ob außer mir niemand merkt, wie schräg das ist. Sich abhetzen, um pünktlich zum Relaxen zu kommen. Chillen und Musik hören ist bestimmt wesentlich effektiver und vor allem stressfreier. Noch besser ist nur noch *Musik machen*!

»Übrigens, Tessa – es wäre wahnsinnig rücksichtsvoll von dir, wenn du nach zwanzig Uhr nicht mehr auf deinen Trommeln rumklopfen würdest«, wendet sich Mama plötzlich an mich. Manchmal habe ich das Gefühl, sie kann Gedanken lesen. Zumindest ein bisschen. Kann doch kein Zufall sein, dass sie auf einmal vom Schlagzeugspielen spricht. Und dann auch noch in diesem Ton! Als wäre meine geliebte Musik eine fürchterliche Lärmbelästigung. Von wegen rumklopfen. Tsss!

»Aber ich wollte noch ein bisschen Schlagzeug üben«, bettele ich. Es ist schon Viertel nach sieben. Und ich darf bestimmt erst aufstehen, wenn alle fertig sind, was bei meinem trödeligen Brüderchen noch eine Weile dauern kann. Auch Paps nimmt sich jetzt noch eine zweite Portion. Ein Ende der Mahlzeit ist also nicht in Sicht.

Mum runzelt die Stirn. Sie sieht nicht aus, als ließe sie mit sich verhandeln.

»Das Ding ist leider wahnsinnig laut. Ich kann mich dann nicht auf meine Buchhaltung konzentrieren. Und bedenke bitte, dass du einen kleinen Bruder hast, der um diese Zeit einschlafen soll. Sei vernünftig, Tessa!«

Vernünftig, vernünftig – wie ich dieses Wort hasse!

Ich denke an Henriette, der es ganz genauso ging, als sie in meinem Alter war. Deshalb hat sie überhaupt angefangen, über ihre Pubertät zu bloggen – und darüber, wie peinlich und nervig Erwachsene so oft sind. Das war dann auch der Grund dafür, dass sie Mum und Paps ihr Blog verheimlicht hat. Sogar als ihre Texte dann als Buch erschienen sind, hat sie ihnen nichts davon verraten – erst viel später, als sie schon fast sechzehn war.

Ganz schön klug von Henriette.

Wie gesagt – meine große Schwester ist wahnsinnig intelligent. Echt genial, wie sie Mum und Paps mit Oma Lydias Hilfe ausgetrickst hat …

In diesem Moment treffe ich eine Entscheidung: Ich werde es genauso machen wie Henriette! Von meinem Vlog wissen meine Eltern sowieso noch nichts. Von der Band *wollte* ich ihnen erzählen, aber es hat sich nicht ergeben. Und jetzt, nach

Mums übertrieben strengem Kommentar, habe ich auch keine Lust mehr dazu.

Irgendwann werden sie es schon erfahren. Vielleicht, wenn ich sechzehn bin.

Es ist schon kurz vor halb acht, als endlich alle aufgegessen haben. Um zu beweisen, wie vernünftig ich bin, helfe ich noch schnell beim Abräumen, dann verschwinde ich in meinem Zimmer und setze mich an mein Drumset. Ich nehme mir das erste Lied von der Liste vor: *Hymn For The Weekend* von Coldplay. Im Laufe des Nachmittags habe ich es mindestens zehn Mal gehört, und jetzt spiele ich zum ersten Mal dazu. Der Rhythmus ist zum Glück nicht allzu schwierig, also gelingt es mir spätestens beim dritten Mal schon richtig gut. Leider schaffe ich es kein viertes Mal, denn schon ist es Punkt acht – und aus purem Trotz lasse ich auf die Sekunde genau die Drumsticks fallen.

So gemein, dass ich nicht weiterüben darf!

»Danke«, ruft Mum von nebenan, wo sie Mika gerade ins Bett bringt.

»Danke, Tessa«, echot auch mein kleiner Bruder.

Das ist der Moment, in dem ich mich ernsthaft frage, auf wen ich eigentlich so furchtbar sauer bin. Und warum.

Womöglich auf mich selbst?

06

»Move In The Right Direction«

Oder: Kann man eigentlich platzen vor Freude?

Vor lauter Aufregung bin ich viel zu früh im Probenraum. Außer Herrn König ist noch niemand da. Er ist zwar noch genauso kurz angebunden wie gestern, aber viel freundlicher. Immerhin heißt er mich als neues Bandmitglied herzlich willkommen. Wie er das sagt, klingt es fast wie ein Glückwunschkartentext. Komischer Kauz.

»Hier, deine Noten. Wenn du willst, kannst du dich schon ein bisschen eingrooven. Wir starten heute mit *Hymn For The Weekend*. Der Song ist ganz neu in unserem Repertoire, also gleiche Voraussetzungen für alle.«

Er drückt mir eine Notenmappe in die Hand und macht sich dann daran, irgendwelche Kabel zu sortieren. Ich mache mir ein bisschen Sorgen, dass er sich darin verheddert und am Ende womöglich seine irrsinnig langen Beine und Arme verknotet. Bei der Vorstellung muss ich grinsen, und bevor ich einen peinlichen Lachanfall kriege, suche ich lieber den Coldplay-Song heraus und setze mich an *mein Instrument*.

Gutes Gefühl. Es ist zwar nur eine Probenbühne, aber immerhin eine Bühne – und ich war bis zum Vorspiel noch nie auf einer. Außer damals im Kindergarten, als ich im Weihnachtsstück mitgespielt habe. Ich war übrigens ein Schaf. Und zwar ein hervorragendes, jedenfalls laut Oma Lydia.

Jetzt habe ich es also von der Krippentierdarstellerin zur Schulbanddrummerin geschafft. Ganz schön steile Karriere, finde ich. Obwohl der Probenraum auch nicht viel schicker aussieht als ein durchschnittlicher Schafstall. Alles wirkt irgendwie vergammelt und schmutzig. Die Farbe blättert von den Wänden, und das Sofa, das in der Ecke steht, hat sicher schon bessere Tage hinter sich. Es ist total durchgesessen, hat mehrere Risse im Bezug und war vielleicht früher mal weinrot – jetzt allerdings ähnelt es Burkis Fellfarbe, *nachdem* er sich im Schlammtümpel gewälzt hat.

Ich werfe einen Blick auf die Uhr. Nur noch knapp fünf Minuten bis zum Probenbeginn. Seltsam, dass die anderen noch nicht da sind. Wenn wir pünktlich loslegen wollen, sollten sie langsam mal auftauchen.

Weil ich nicht länger untätig herumsitzen will, fange ich einfach schon mal an. Meine Schlagzeugnoten sind ein bisschen anders als das, was ich gestern nach Gehör mitgespielt habe, aber die Unterschiede sind minimal.

»Klingt ja schon richtig gut.«

Ich blicke auf. Offenbar war ich so in mein Spiel vertieft, dass ich überhaupt nicht mitbekommen habe, wie meine Bandkollegen hereingekommen sind. Sie begrüßen mich per Handschlag, als wäre ich eine richtig wichtige Person. Dann wird mir klar, dass ich das wohl bin. Eine Band ohne Drummer funktioniert nun mal nicht.

»Können wir loslegen?«, fragt Herr König und klatscht in die Hände. *Ist der eigentlich immer so unentspannt?*

Die Jungs ignorieren sein Drängeln und lassen sich kein bisschen stressen.

»Kurzen Moment noch, wir haben was für Tessa vorbereitet«, sagt Fynn und tritt ans Keyboard. Die anderen stellen sich neben ihm auf, als wären sie ein Chor. Was heißt, als *wären* sie es – sie *sind* ein Chor! Denn während Fynn die Begleitung spielt, singen alle anderen das Lied *Willkommen* von Joel Brandenstein.

Was für eine coole Geste!

Und Wahnsinn, die können ja alle richtig gut singen. Und genial, wie Fynn spielt – so gefühlvoll und fehlerfrei, und das alles ohne Noten. Der wird bestimmt mal Profi!

Als sie geendet haben, applaudiere ich wie verrückt. Fynn deutet eine Verbeugung an, was ziemlich albern wirkt und mich zum Lachen bringt. Elias, der Bassist mit der schrägen Frisur (alles von hinten nach vorne gekämmt, sodass seine Augen verdeckt sind), grinst mir aufmunternd zu, genauso wie Linus, der offenbar etwas schüchterne Gitarrist. Und Noel umarmt mich sogar. Wenn man bedenkt, dass *Willkommen* eigentlich ein Liebeslied ist, könnte man fast glauben, dass er mich mag …

Halt, Tessa! Dreh jetzt bloß nicht durch!

Ich muss mich zusammenreißen, solange die Probe dauert.

Anschließend, wenn ich wieder allein bin, kann ich wieder nach Herzenslust von Noel träumen. Mich seufzend an seine Umarmung erinnern. Und an sein Lächeln. Seine unfassbar leidenschaftliche Stimme. Und daran, wie er mir gerade zugezwinkert hat!

Irgendwie gelingt es mir trotzdem, mich voll auf die Musik zu konzentrieren. Deshalb bin ich schließlich hier. Und ich bin voll motiviert.

Mit zehn Minuten Verspätung legen wir mit der eigentlichen Probe los. Es dauert nicht lang, bis mir klar wird, dass ich den neuen Coldplay-Song mindestens so gut kenne wie die anderen. Dass ich ihn gestern geübt habe, verschafft mir einen Vorteil. Auf jeden Fall bin ich kein Bremsklotz für die anderen, im Gegenteil – ich mache viel weniger Fehler als sie. Mal von Fynn, dem Keyboarder, abgesehen – er scheint sein Instrument perfekt zu beherrschen. Wenn seine Finger in irrwitzigem Tempo über die Tastatur fliegen, wirkt er kein bisschen angestrengt. Ich glaube, er braucht dazu noch nicht mal die Noten und improvisiert ganz viel. Das ist mir vorhin schon aufgefallen.

Noel, der den Part des Coldplay-Sängers Chris Martin übernimmt, singt sich die Seele aus dem Leib und klingt auch richtig gut, ist aber alles andere als textsicher. Und sein Englisch reicht wohl nicht, um schnell genug mitzulesen. Deshalb singt er seine Version von *Hymn For The Weekend* in einer Art Fantasiesprache, die nur vage an Englisch erinnert.

»Oh Mann, Noel, da ist aber noch viel Luft nach oben«,

kommentiert Elias, der Bassist, kopfschüttelnd. »Du klingst, als hättest du eine heiße Kartoffel im Mund.«

»Chill mal dein Leben«, erwidert Noel übertrieben lässig, so als wäre er über jede Kritik erhaben. »Das krieg ich schon noch hin. Üben muss man nur, wenn das Talent nicht ausreicht.«

Eine gewagte Theorie, wie ich finde. Henriette hat mal etwas über das Thema geschrieben. Sie vertritt den exakt entgegengesetzten Standpunkt: *Wer Talent hat, sollte umso mehr üben.* Weil es nämlich nicht nur ein Geschenk ist, sondern eine Aufgabe. Wer nichts daraus macht, der vergeudet sein Talent.

Aber vielleicht gilt das nicht für Rocksänger? Keine Ahnung. Immerhin ist es mein erster Tag in der Band, nicht Noels. Er wird schon wissen, was er tut.

Es stellt sich heraus, dass Herr König nicht nur elendig lange Arme und Beine hat, sondern auch ganz schön viel Ahnung von Musik. Seine Hinweise und Verbesserungsvorschläge sind wirklich Gold wert, und nach dem dritten Durchgang klingt der Song schon richtig gut. Und Noels Gesang immer englischer …

Mein Schlagzeugpart ist zum Glück nicht so schwierig, ich komme gut mit und ernte anerkennende Blicke von allen. Als Noel mir zulächelt, macht mein Herz einen Hüpfer!

Viel zu schnell ist die Probe vorbei.

»Na, gefällt's dir bei uns?«, fragt mich Linus, der Gitarrist, während wir zusammenpacken.

»Und wie!«, sage ich und strahle dabei von einem Ohr zum andern. Es gibt bestimmt coolere Gesichtsausdrücke. Wer cool sein will, wirkt meistens ein bisschen gelangweilt und unbeteiligt. Ich finde es bescheuert, gelangweilt zu sein, also tue ich auch nicht so, als wäre ich es.

»Du bist echt gut«, antwortet Linus und bückt sich, um seine Gitarre in den Instrumentenkoffer zu packen. Als er wieder aufsteht, hat er einen ganz roten Kopf. Scheint ganz schön schwer zu sein, so eine Gitarre.

»Hey, Tomatenalarm«, tönt Elias. »Der Gitarrenboy ist mit dem L-Virus infiziert.«

L-Virus? Davon hab ich noch nie was gehört. Hoffentlich ist das nicht ansteckend. Ich habe keine Lust, krank im Bett rumzuliegen. Nicht, wenn massenhaft Bandproben auf dem Stundenplan stehen und in drei Wochen dann das Schulfest.

»Blödmann«, erwidert Linus und wird noch röter, als er schon ist. Dann schnappt er sich den Koffer und zieht ab.

Ich stecke die Notenmappe in meine Schultasche. Als ich aufblicke, ist nur noch Fynn da.

»Noel ist schon gegangen«, deutet er meinen suchenden Blick ganz richtig, aber natürlich tue ich so, als läge er total falsch.

»Was? Ach, der. Nein, ich suche bloß meine … Jacke«, behaupte ich. Als hätte ich an einem dermaßen heißen Tag wie heute eine Jacke dabeigehabt. Aber das kann Fynn natürlich nicht wissen.

»Wie sieht sie denn aus?«, will er jetzt wissen.

»Ähm – so eine ganz normale Jeansjacke eben, in Hellblau«, beschreibe ich eins der Kleidungsstücke, die zu Hause in meinem Kleiderschrank hängen. Und bevor er jetzt noch anfängt, mir suchen zu helfen, behaupte ich schnell, sie wohl im Klassenzimmer vergessen zu haben.

Als ich nach Hause komme, bedauere ich es wirklich, niemandem von der erfolgreichen Bandprobe erzählen zu können. Jedenfalls niemandem außer Burki.

Im Wohnzimmer laufe ich Paps über den Weg, und ich wundere mich, dass er mir nicht an der Nasenspitze ansieht, wie absolut ungewöhnlich mein Tag war. Ich bin fast noch aufgeregter als vor der Probe und fühle mich irgendwie zittrig, weil ich an Noel denke und daran, wie er mich umarmt hat.

Aber Paps ruft nicht nur übertrieben laut, dass es heute Abend Sushi gibt, sondern er faselt auch irgendetwas, was möglicherweise Japanisch sein könnte. Da entdecke ich die In-Ear-Kopfhörer, die er trägt und auf denen wahrscheinlich gerade sein Selbstlerner-Sprachkurs läuft. Ich könnte hier vermutlich als Haremsdame oder als Astronautin verkleidet herumlaufen, und er würde nichts dazu sagen. Wenn er sich auf eins seiner Hobbys konzentriert, ist Paps für sonst nichts aufnahmefähig. Oder, wie mein großer Bruder Levin immer sagt: *völlig merkbefreit*.

Mir ist es ganz recht, dass er nichts schnallt. Außerdem finde ich Paps eigentlich ziemlich okay. Er macht viel Sport, backt superleckere Kuchen, schwärmt für alles Japanische und spielt neuerdings sogar in einer Theatergruppe mit. Seit er nach Mikas Geburt ein Jahr lang Hausmann war, ist er viel gechillter als früher, sagt Henriette. Ich war damals noch zu klein, um diese Veränderung zu bemerken. Inzwischen habe ich voll den Durchblick. Nach meiner Theorie ist Paps mittlerweile sogar froh, dass sein Job im Amt so langweilig ist, da bleibt ihm wenigstens noch genug Energie für uns und seine Hobbys.

»Nur noch kurz die Weeeeeeelt retten«, schmettert Paps unvermittelt, und da wird mir klar, warum er Sportklamotten trägt. Er will joggen gehen und hat offenbar vom Sprachkurs auf seine Lauf-Playlist gewechselt. Und obwohl er vermutlich der schlechteste Sänger der Welt ist, hält ihn das nicht davon ab, dabei lauthals mitzugrölen.

Da fällt mir ein, was Herr König vorhin ganz nebenbei erwähnt hat. Von wegen *Backgroundgesang*. Da müssen wir wohl alle ran, auch ich. Dass die anderen Bandmitglieder darin richtig gut sind, habe ich ja vorhin mit eigenen Ohren gehört. Da kann ich echt nicht mithalten.

Glaube ich jedenfalls. Es ist nämlich Jahre her, seit ich zuletzt laut gesungen habe. Ich beschränke mich lieber darauf, tolle Stimmen zu bewundern und dazu Schlagzeug zu spielen.

Wenn ich, wie Henriette, das Gesangstalent von Paps geerbt habe, bin ich verloren. Sosehr ich auch an den Drums überzeugt habe – sobald sie mich singen hören, wird mich die Band bestimmt sofort wieder feuern. Andererseits kann Oma Lydia richtig gut singen. Sie hat eine helle, klare Stimme. Ihr Lieblingslied heißt *We Shall Overcome* – ein Protestlied aus den Sechzigern. Bei ihr klingt es fast so schön wie im Original. Kein Witz.

Tja. Klinge ich also so gut wie Oma und Joan Baez oder so schräg wie Papa und Henriette?

Es wird mir wohl nichts anderes übrig bleiben, als mich selbst aufzunehmen und anschließend anzuhören, was ich da von mir gegeben habe. Na toll!

Doch kann ich das überhaupt selbst beurteilen? Hm. Schwer zu sagen. Aber vielleicht muss ich das gar nicht. Wozu hat man schließlich eine beste Freundin?

Ich rufe gleich Romy an und singe ihr ohne Vorwarnung den Refrain des Songs vor, den ich für meinen nächsten Vlogbeitrag vorgesehen habe: *Move In The Right Direction* von Gossip.

»Okay – soll ich ehrlich sein oder nett?«, will Romy wissen, als ich fertig bin.

Ich seufze. »Nett wäre sicher angenehmer, aber in dem Fall brauche ich gnadenlose Ehrlichkeit.«

Romy räuspert sich umständlich. Dann teilt sie mir mit, dass ich lieber keine Karriere als Rockröhre anstreben soll. »Ich meine, du singst nicht falsch. Und du klingst auch nicht wie eine Kreissäge. Sogar ganz angenehm. Für Schlager würde es genügen.«

»Schlager? Bist du von Sinnen? Ich will doch keine Schlagersängerin werden, es geht nur um den Backgroundchor in der Band. Alle müssen da mitmachen, und ich will mich nicht blamieren.«

»Backgroundchor? Dafür reicht's locker«, versichert mir Romy. Und auch wenn ich bedenke, dass sie bestimmt mal wieder maßlos übertreibt, bin ich beruhigt. Romy ist zwar eine Optimistin, aber keine Lügnerin. Und sie spielt Geige, seit sie vier ist – wenn ich schief gesungen hätte, dann hätte sie mich garantiert unterbrochen. So was tut ihren hochmusikalischen Ohren weh.

»Elternabend im Kindergarten? Kein Problem, das übernehme ich gern, wenn dich der Termin stresst«, sagt Paps, als ich mit Burki das Haus verlasse. Mum und er stehen mitten auf dem Hof und führen offenbar eins dieser Erwachsenengespräche, die mich daran zweifeln lassen, ob ich überhaupt jemals erwachsen werden will. Hat nicht Pippi Langstrumpf damals eine Pille genommen, um immer ein Kind zu bleiben? Oh Mann, die hätte ich jetzt gern!

»Wenn du an meiner Stelle hingehst, stresst mich das nur noch mehr«, antwortet Mum und klingt tatsächlich alles andere als entspannt. Wobei – eigentlich ist sie selten so richtig entspannt. Mum zu beschreiben ist übrigens gar nicht so einfach. Selbst Henriette braucht dazu mindestens fünf Bezeichnungen, nämlich: Gesundheitsfutterfanatikerin, Grammatikverbesserin, Kulturliebhaberin, XXL-Gärtnerin und Familienratoberhaupt. Seit Mika auf der Welt ist, lässt sie zum Glück auch öfter mal fünfe gerade sein. Heute scheint allerdings keiner dieser Tage zu sein.

»Aber warum denn nicht?«, beharrt Paps, der gerade vom

Joggen zurückkommt. Sehr weit scheint er ja nicht gelaufen zu sein. Bestimmt war ihm zu heiß.

»Ich sage nur: Laternenbasteln«, erwidert Mum. Sie kann wirklich *sehr nachtragend* sein. Es ist inzwischen schon anderthalb Jahre her, dass Paps an ihrer Stelle zum Laternenbasteln hätte gehen sollen, den Termin aber verbummelt hat. Mum verzeiht ihm noch immer nicht, dass Mika damals als einziges Kind mit einer Taschenlampe statt mit Laterne beim Sankt-Martins-Umzug war.

Ich persönlich verstehe ihr Problem nicht. So eine Taschenlampe ist doch ohnehin viel praktischer als eine Laterne – die kann man leicht in die Tasche stecken, wenn die Kinder am Ende des Umzugs herumtoben wollen. Aber Mum tickt da wohl ein bisschen anders. Sie will eben die perfekte Mutter sein.

Nach dem Essen und Mums Aufbruch geht Paps mit Mika ins Bad, und als der kleine Mann schläft, sieht sich Paps im Fernsehen eine politische Diskussionssendung an.

Ich warte zehn Minuten, dann schleiche ich zu Mika und klatsche, so laut ich kann, in die Hände – direkt neben seinem Ohr. Er zuckt nicht mal.

Okay. Dann können ihn meine Drums auch nicht wecken.

Während Mika pennt, Paps seine Sendung sieht und Mum sich vermutlich zur Elternsprecherin wählen lässt (sie will das nicht, aber sie kann einfach nicht anders), nehme ich meinen Vlogbeitrag über *Move In The Right Direction* auf.

»Hallo, Leute«, sage ich, »heute ist für mich ein echt cooler

Tag. Deshalb habe ich ein total optimistisches Lied für euch ausgesucht. Kein Heile-Welt-Trallala, sondern ein Song, in dem es um kleine Fortschritte geht. Es muss nicht alles toll sein. Manchmal reicht es, dass es ein bisschen besser läuft als bisher. Es geht darum, den Mut nicht zu verlieren. Weiterzumachen. In die richtige Richtung weiterzugehen. Heute hört sich das für mich total logisch an. Ich weiß, es gibt Tage, an denen ich total mies drauf bin und ich in einer Tour heulen könnte. Na und? Dann ist es eben so. Vielleicht sind die Tränen nötig, damit es anschließend aufwärtsgeht.

Aber hört am besten einfach auf Beth Ditto und ihre Powerstimme. Sie ist einfach der Hammer!«

Ich muss aufpassen, dass ich nicht aus Versehen mitsinge. Heute habe ich wirklich das geniale Gefühl, dass sich alles in die richtige Richtung entwickelt. Aber eine leise Stimme im Hinterkopf sagt mir, dass das unmöglich so bleiben kann.

07

»Californication«

Oder: Die etwas andere Nachhilfe

»Es ist total verhext«, jammere ich. »Eigentlich müsste ich rundum happy sein. Als *DrummerQueen* kriege ich täglich neue Follower, und die Kommentare sind alle positiv. In der Band haben mich die Jungs super aufgenommen, und alles läuft toll. Aber ich müsste einfach mehr üben. Und das geht zu Hause nicht, weil sich Mum ständig über den *Lärm* beschwert. Also echt, als ob meine Musik Krach wäre.«

Romy, die gerade einen Ständer mit runtergesetzten T-Shirts durchwühlt, grinst.

»Sieh mal hier, schwarz mit Glitzeraufdruck. Perfektes Bühnenoutfit. Du solltest dir für eure Auftritte dringend was Schickes kaufen«, sagt sie, ohne auf meinen Gefühlsausbruch einzugehen.

Ich werfe einen verächtlichen Blick auf die Klamotten. »Glitzer mag ich nicht«, sage ich. »Auch nicht auf der Bühne.« Erst recht nicht dort, wo alle Blicke auf mich gerichtet sind! »Wir tragen eh einheitliche Shirts mit dem Bandnamen als Aufdruck. Und fertig.«

Romy verzieht das Gesicht. Klar, wenn sie irgendwo ein Geigenvorspiel hat, trägt sie immer jede Menge Glitzer. Und Spitze. Und das auch noch in grellen Farben wie Pink oder Türkis. Ich glaube, in Sachen Musik und Mode könnte unser Geschmack kaum unterschiedlicher sein. Trotzdem sind wir beste Freundinnen!

»Wie gesagt, Mum nervt. Und ich muss dringend mehr üben.«

Romy seufzt. »Ganz ehrlich? Ich kann sie verstehen. Schlagzeug ist ja auch wirklich … ein bisschen wie Lärm. Jedenfalls von der Lautstärke her.«

Ich glaub's ja nicht!

»Und Geige ist Folter pur. Manchmal klingt das wie ein Fingernagel, der über die Schultafel kratzt.«

Okay, das ist vielleicht ein kleines bisschen übertrieben, aber schließlich muss ich meine Drums verteidigen!

Jetzt ist Romy sauer. Sie nimmt sogar die neue Sonnenbrille mit den hellblau getönten Gläsern ab, um mich besser anfunkeln zu können. Keine Ahnung, warum sie die überhaupt in einem Einkaufszentrum trägt, in das noch nie ein einziger Sonnenstrahl gedrungen ist. Hätte *ich* die Wette gewonnen und sie mir die Sonnenbrille gekauft, dann würde ich sie nur draußen aufsetzen, so viel ist sicher. Aber wenn ich die Wette gewonnen hätte, würde das ja bedeuten, dass ich nicht in der Band wäre. Was echt Mist wäre. Auch wenn ich dann jetzt keinen Stress mit Mum hätte und auch keinen mit Romy. Sie starrt mich immer noch böse an. Warum noch gleich? Ach so, ja. Ich habe ihr geliebtes Geigenspiel mit dem definitiv schrecklichsten Geräusch auf diesem Planeten verglichen …

Auf einmal fühle ich mich total mies. *Warum bin ich manchmal so gemein zu Menschen, die mir wichtig sind?*

»Sorry, Romy, ich mein doch nur, wenn jemand nicht gut ist im Geigespielen – dann klingt es echt schlimm. Wenn du spielst, ist das natürlich was ganz anderes …«

Sie bringt auf diesem Instrument wirklich die unglaublichsten Töne hervor, das muss ich zugeben. Auch wenn ich das klassische Zeug, das sie so übt, nicht besonders prickelnd finde.

»Schon okay«, sagt Romy, während sie einen Blick auf ihre Armbanduhr wirft. Auf einmal wirkt sie ein bisschen nervös. »Du, sag mal, hast du was dagegen, wenn Laurenz gleich dazustößt? Er braucht neue Turnschuhe und hat gefragt, ob ich … ich meine, ob *wir* ihn da ein bisschen beraten.«

»Laurenz? Klar, das machen wir. Warum sollte ich was dagegen haben?« Ich verstehe überhaupt nicht, warum sie da überhaupt fragt. Mit Laurenz bin ich sogar schon länger befreundet als mit Romy! Meine Geschwister behaupten sogar, als Kindergartenkinder wären er und ich *verlobt* gewesen. Was natürlich total albern ist. Als könnten Kleinkinder sich verloben. Wir waren einfach nur allerbeste Freunde. Und das bleibt auch so.

Da kommt Laurenz auch schon angeschlendert. Die Hände in den Hosentaschen versenkt, wie immer, und in den Knien leicht federnd. Ich würde ihn aus mehreren Hundert Metern Entfernung erkennen, einfach nur am Gang.

»Hallo, Leute«, sagt er und grinst schief. Irgendwas an ihm ist anders als sonst. Auch er wirkt ein bisschen nervös. Genau wie Romy. Neben der er jetzt steht. Sehr dicht steht …

Da fällt bei mir der Groschen. *Die beiden? Echt jetzt?*

Nein, das muss ein Irrtum sein. Obwohl – halten sie etwa Händchen? Nicht zu fassen, sie tun es.

»Ähm, na, dann herzlichen Glückwunsch, ihr zwei«, sage ich. Sie werden beide feuerrot und bedanken sich. Dann stehen wir ein bisschen unentschlossen herum. Ich weiß nicht, wie ich mich fühlen soll. Meine beste Freundin und mein allerältester Freund sind ein Paar. Ich sollte mich riesig für sie freuen. Stattdessen komme ich mir irgendwie blöd vor. So überflüssig.

Plötzlich wird mir klar, dass die beiden jetzt bestimmt lieber ohne mich shoppen gehen würden. Das macht mich wütend – und traurig. Ich beiße mir auf die Unterlippe, um zu verhindern, dass ich etwas Gemeines sage, was ich später bereue. Oder in Tränen ausbreche …

Mein Handy rettet mich. Es vibriert in meiner Hosentasche, und ich ziehe es hervor, um nachzuschauen, wer mir getextet hat. Und egal, wer es ist, ich werde behaupten, dringend loszumüssen. Um Mika vom Kindergarten abzuholen oder Mum im Hofladen zu helfen oder …

Aber ich muss mir überhaupt keine Ausrede einfallen lassen, denn nachdem ich die Nachricht gelesen habe, muss ich tatsächlich sehr dringend los.

»Es wurde eine Extra-Bandprobe angesetzt«, erkläre ich, »in

einer Viertelstunde. Ich muss mich beeilen.« Und schon flitze ich los.

Der Gedanke daran, dass die beiden jetzt bestimmt froh sind, mich los zu sein, tut zwar weh, aber ich bin viel zu aufgeregt, um mich darüber zu ärgern. Die WhatsApp eben kam nämlich keineswegs von Herrn König, sondern von Noel. Und es wurde auch keine offizielle Extra-Probe angesetzt, sondern eher eine private Nachhilfestunde. Jedenfalls interpretiere ich seine Nachricht so:

Der Probenraum ist frei. Ich will ein paar Songs durchgehen. Hast du Zeit? Dann könnten wir gemeinsam üben. Noel

Ist das nicht wahnsinnig nett von ihm? Er will eben, dass wir auf dem Schulfest einen hammerguten Auftritt abliefern. Und vielleicht auch nebenbei ein bisschen Zeit zu zweit mit mir verbringen?

Spinn nicht rum, Tessa – er ist einer der coolsten Jungs der Schule, garantiert steht er nicht auf Zwölfjährige.

Na ja, bald bin ich zwölfeinhalb. Und dann dauert es bloß noch sechs Monate, bis ich dreizehn werde und damit offiziell ein Teenager bin. Dennoch: Ich darf mich, was Noel betrifft, nicht in falsche Hoffnungen reinsteigern. Insgeheim für ihn zu schwärmen, ist das eine – aber ernsthaft daran zu glauben, er könnte meine Gefühle erwidern, eine völlig andere Sache. Das wäre einfach … total verrückt.

Als die Schule in Sichtweite kommt, bin ich fast außer Atem. Ich bleibe kurz stehen, um mich zu beruhigen. Was denkt Noel von mir, wenn ich keuchend hereingestürmt komme?

Da vibriert mein Handy erneut.

Sorry, Irrtum. Heute Nachmittag probt die Bläsergruppe. Kannst du auch morgen um drei? Noel

Na klasse. Da hab ich mich ja völlig umsonst gefreut. Aber gut, dann freu ich mich eben umso mehr auf morgen! Bis dahin habe ich mich hoffentlich gefühlsmäßig voll im Griff und kann mich ganz auf die Probe konzentrieren. Ich darf morgen einfach nicht daran denken, dass ich allein mit Noel im Raum bin! Irgendwie werde ich das schon hinkriegen.

Fragt sich nur, was ich mit dem heutigen Nachmittag anfangen soll. Zurück ins Köpenick-Center – um dort Romy und Laurenz über den Weg zu laufen, die mich lieber nicht dabeihaben wollen? Nein, auf gar keinen Fall!

Weiter vor der Schule rumlungern ist aber auch keine Alternative. Wenn Noel mich hier sieht, weiß er, in welchem Affentempo ich hergerast bin, und das wäre mir ganz schön peinlich.

Also schreibe ich erst mal eine Antwort an Noel:

Geht klar, morgen um drei. Bis dann! Tessa ☺

Klingt abgeklärt und ganz schön erwachsen, finde ich. Der Smiley ist vielleicht ein bisschen kindisch. Ich lösche ihn wieder. Dann finde ich meine knappe Botschaft etwas zu kühl und füge den Smiley wieder hinzu. Bevor ich es mir noch mal anders überlege, schicke ich die Nachricht ab.

Dann mache ich mich auf den Nachhauseweg. Allein. So hab ich mir den Dienstagnachmittag nicht vorgestellt. Uncooler geht's kaum. Seit fast zwei Wochen bin ich jetzt Drummerin der Schulband, und was hab ich davon? Ich bin einsam und frustriert.

Unterwegs wird mir klar, warum Noel mir eine zusätzliche Probe vorschlägt: *Garantiert befürchtet er, dass ich es sonst nicht hinkriege bis zum ersten Auftritt!* Diese Erkenntnis trägt nicht gerade dazu bei, dass ich mich besser fühle. Denn er hat ja recht. Die Zeit wird langsam knapp. Vor dem Schulfest bleiben uns nur noch wenige Proben, die Generalprobe mit eingerechnet. Und ich habe längst noch nicht alle Songs fehlerfrei drauf! Von wegen *DrummerQueen* … Inzwischen hält mich Noel bestimmt für eine Fehlbesetzung. Eine Hochstaplerin. Eine lächerliche Zwölfjährige, die der Band eher schadet als nützt …

Was habe ich mir nur dabei gedacht, mich überhaupt zu bewerben? Am liebsten würde ich sofort Herrn König anrufen und mich abmelden. Andererseits findet die Band vor dem Schulfest garantiert keinen anderen Drummer mehr. Und selbst wenn – er müsste schon ein halber Profi sein, um in einer einzigen Woche alle zwanzig Stücke zu lernen.

Es ist zum Verzweifeln!

Normalerweise würde ich mich jetzt bei Oma Lydia ausheulen. Die wüsste garantiert Rat. Aber Oma und Gunnar kommen erst nächste Woche von ihrer Reise zurück.

Mum und Paps können mir auch nicht helfen. Ich habe ihnen ja immer noch nichts von der Sache mit der Band erzählt. Wenn sie wüssten, weswegen ich neuerdings so viele Nachmittage in der Schule verbringe, wären sie sicher nicht begeistert. Ich habe nur etwas von einer AG gesagt und nicht verhindert, dass sie daraus die falschen Schlüsse ziehen …

Die Einzige, die Bescheid weiß, ist Henriette, doch die hat morgen eine wichtige Prüfung und muss lernen. Es wäre wirklich wahnsinnig egoistisch von mir, sie jetzt anzurufen und mit meinen Problemen zu belästigen …

Aus Gewohnheit schaue ich bei Mum in *Rapunzels Schatztruhe* vorbei. Sie bittet mich, eine Runde mit Burki zu drehen, was ich ohnehin vorhatte, und anschließend Mika von der Kita abzuholen. »Er soll um drei Uhr bei Cem sein zum Kindergeburtstag. Das Geschenk ist eingepackt und steht auf dem Küchentisch. Könntest du das für mich erledigen, meine Große?«

»Klar«, sage ich, denn ich habe ja sonst nichts vor.

Nachdem ich Mika mitsamt dem Geschenk bei Cem abgeliefert habe, verkrieche ich mich in meinem Zimmer und höre mir meine Band-Playlist an. Da gibt es noch einige Songs, die noch nicht so gut sitzen.

Am schwierigsten finde ich *Californication* von den Red Hot Chili Peppers. Obwohl mir der Song richtig gut gefällt, komme ich immer wieder raus.

Da fällt mir ein, dass die Red Hot Chili Peppers die absolute Lieblingsband meines großen Bruders Levin sind. Vielleicht hilft es mir, einmal mit ihm zu reden?

Wir haben ohnehin schon länger nicht miteinander geskypt, was vor allem an der Zeitverschiebung liegt. Er reist nämlich gemeinsam mit seinen besten Freunden Max und Mario quer durch Kanada und arbeitet nebenher als Kellner, Erntehelfer, Snowboardlehrer oder Souvenirverkäufer, je nachdem, was gerade gebraucht wird. Mum und Paps waren nicht begeistert, als er mal eben sein Studium unterbrochen hat, um ein Jahr zu »faulenzen«. Aber inzwischen verstehen sie, dass dieses »Work and Travel« für ihn eine Riesenchance ist. Die Fotos, die er uns aus Toronto, Vancouver, von den großen Seen und aus den Rocky Mountains geschickt hat, sind einfach genial. Ich würde am liebsten mit ihm tauschen! Wenn er zurück ist, würde ich allerdings sofort wieder zurücktauschen, denn Levin studiert Medizin, und ich kann kein Blut sehen …

Aber ich schweife ab. Tatsache ist, dass Levin in Kanada ist und wir schon lange nicht mehr miteinander gesprochen haben. Und wenn ich ehrlich bin, liegt das nur zum Teil an der Zeitverschiebung. Sondern vor allem daran, dass Levin mich wie ein Baby behandelt. Dabei ist er nur neun Jahre älter … Ich habe nie das Gefühl, dass er mich halbwegs ernst nimmt. Immer muss er sich über mich lustig machen! Wenn ich ein

Problem habe, vertraue ich mich deshalb lieber Henriette an als ihm.

Aber ich *muss* einfach mit jemandem reden! Jemandem, der auch antwortet. Burki habe ich mein Leid natürlich schon ausführlich geklagt, aber sein *Wuff* hilft mir diesmal nicht weiter …

Ich erreiche Levin während der Frühstückspause – in Kanada ist es sieben Stunden früher als hier. Er erzählt mir von seinem aktuellen Job als Werbefigur für einen Gemüsehändler.

»Ernsthaft, du läufst mit diesem lächerlichen Karottenkostüm durch die Stadt?«, pruste ich los. Er sieht einfach zu albern darin aus.

»Genau das tue ich«, gesteht er grinsend – was bleibt ihm auch anderes übrig, schließlich sehe ich seinen Aufzug ganz deutlich vor mir auf dem Monitor.

»Wie gut, dass es Skype gibt«, ziehe ich ihn auf, »per Telefon hätte ich diesen Anblick verpasst, und das wäre jammerschade.«

Es tut gut, einmal den Spieß umzudrehen und mich über Levin lustig zu machen, statt mich von ihm auslachen zu lassen, wie sonst immer.

Als er fragt, was bei mir so los ist, will ich erst nicht damit rausrücken. Irgendwie habe ich die Lust verloren, darüber zu reden. Es hat so gutgetan, den ganzen Schlamassel mal für ein paar Minuten zu vergessen.

Doch das funktioniert leider nicht, denn Levin weiß schon

von Henriette, dass ich *DrummerQueen* bin und bei der Schulband vorgespielt habe, also kann ich ihm ebenso gut den Rest erzählen. Dass ich aufgenommen wurde, dass bald das Schulfest ansteht, bei dem wir spielen werden, und ich einfach nicht gut genug bin.

»Ich müsste eigentlich viel häufiger üben«, jammere ich, »aber Mum will nicht, dass ich so viel *Krach mache.*«

Levin lacht, weil mir meine Mum-Imitation so gut gelungen ist. »Sie muss doch einsehen, dass du für den Auftritt üben musst«, sagt er.

»Na ja«, druckse ich herum, »vielleicht würde sie das ja sogar, wenn sie …« Ich breche ab. Es laut auszusprechen, würde einfach zu albern klingen. Jetzt erst wird mir klar, in was für eine dämliche Situation ich mich hineinmanövriert habe.

Leider lässt mich Levin nicht so einfach davonkommen. »Wenn sie *was*?«, hakt er nach.

Na gut. Er wird sowieso nicht lockerlassen. Außerdem behandelt er mich ausnahmsweise mal nicht von oben herab. »Wenn sie von der Sache mit der Band wüsste«, gebe ich zu. »Ich habe es Mum und Paps noch nicht verraten.«

Überrascht reißt Levin die Augen auf. »Sie wissen nichts davon? Weder von deinem Vlog noch von der Band? Was hast du ihnen denn überhaupt erzählt?«

»Nur, dass ich jetzt in einer AG bin. Sie wollten wissen, was alles angeboten wird, und da habe ich nur die Schach-AG, die Mathe-AG und die Latein-AG erwähnt. So als Beispiele.«

Levin kriegt sich gar nicht mehr ein vor Lachen. »Sie glauben tatsächlich, du gehst freiwillig in eine Lern-AG? Während du in Wahrheit Schlagzeug spielst?«

Großartig. Jetzt macht er sich also doch über mich lustig.

»Kann sein. Aber ich habe sie nicht belogen. Nur eben nicht alles erwähnt«, erwidere ich trotzig. »Kein Grund, mich aufzuziehen.«

Levin wischt sich die Lachtränen aus den Augen. »Glaub mir, kleine Schwester, ich ziehe dich nicht auf. Im Gegenteil, ich bin stolz auf dich. Du bist ganz schön cool.«

Das ist so ziemlich das Netteste, was Levin je zu mir gesagt hat. Ich freue mich riesig darüber und strahle wie ein Honigkuchenpferd, auch wenn das vermutlich eher uncool wirkt.

»Das hab ich vielleicht von meinem großen Bruder«, erwidere ich großzügig. Dann fällt mir ein, was ich ihn eigentlich fragen wollte. »Übrigens spielen wir auch was von deiner Lieblingsband. *Californication*. Ich krieg's einfach nicht hin, trotz durchgängigem Vier-Viertel-Takt – also eigentlich ganz easy. Keine Ahnung, warum. Vielleicht, weil ich noch nicht gut genug bin. Oder weil ich einfach nicht kapiere, worum es darin geht.«

Levin ist ganz schön beeindruckt. »Echt, das spielt ihr? Krass. Ich hoffe, jemand filmt mit! *Californication* ist mein absoluter Lieblingssong von den Red Hot Chili Peppers! Es geht darin um den oberflächlichen, verantwortungslosen, ausschweifenden Lebensstil der Kalifornier. Um das unmoralische Hollywood und darum, dass das wirkliche Leben nun mal kein Computerspiel ist. Hast du das offizielle Video gesehen? Die Optik ist wie bei einem Game. Das ist bewusst so gewählt.«

Ich bin beeindruckt. Dass Levin die Botschaft dieses Songs auf Anhieb zusammenfassen kann, hätte ich ihm gar nicht zugetraut.

»Das hilft mir schon sehr weiter«, sage ich. »Und danke für den Tipp, ich werde mir das Video ansehen. Und fleißig weiterüben.«

»Du kriegst das sicher hin«, strahlt er mich an. Dann wird sein Gesicht etwas ernster. »Aber pass gut auf dich auf. Die Jungs in deiner Band sind vielleicht nicht immer so harmlos, wie sie sich geben. Lass dich nicht zu was drängen, was du nicht willst.«

»Sag mal, spinnst du jetzt?«, rufe ich empört aus. »Wir machen zusammen Musik, sonst gar nichts. Ich bin Drummerin, nicht Groupie. Also echt …«

Habe ich wirklich geglaubt, Levin würde mich plötzlich ernst nehmen? Wie es aussieht, hält er mich für ein hirnloses Häschen, das leichte Beute ist für seine Bandkollegen.

»Sicher, dass ihnen das auch klar ist? Immerhin war ich auch mal in dem Alter und weiß, dass man da nur Unsinn im Kopf hat …«

Bei Levin war das bestimmt so. Henriette hat ihn damals immer nur als *Badezimmerblockierer* bezeichnet, weil er ganz viel Zeit mit Duschen und Einparfümieren verbracht hat. Was bei den Mädchen erstaunlich gut ankam, er hatte nämlich ständig wechselnde Freundinnen, bis er irgendwann mit

Jill zusammenkam, Henriettes BFF. Momentan pausiert ihre turbulente On-off-Beziehung, solange er in Kanada ist und sie in Schweden studiert. Dass ausgerechnet Levin mir Tipps für den Umgang mit dem anderen Geschlecht geben will, ist ja wohl ein Witz!

»Die Jungs aus der Band sind einfach nur nett zu mir«, gebe ich nachdrücklich zurück.

»Nett?« Levin wirkt kein bisschen überzeugt. »Sei auf der Hut, Tessa. Nichts gegen Freundlichkeit. Aber glaub mir, je netter sie zu dir sind, desto weniger nett sind ihre Absichten.«

Was für ein Blödsinn!

Noel hat garantiert keine üblen Hintergedanken, wenn er mir anbietet, mit mir zu üben.

Aber ich werde mich hüten, meinem großen Bruder etwas von meinen Gefühlen für Noel und von unserer geplanten Zusatzprobe zu erzählen …

Schon verrückt – warum habe ich in letzter Zeit vor allen Geheimnisse?

08

»Nervous«

Oder: Hilfe, ich habe Lampenfieber!

»Ich will auch *Susi* essen und *Karotte* singen«, kräht Mika, als ich ihm vorschlage, seine Legos in die Kiste zu räumen und die Hände zu waschen, weil es gleich Abendessen gibt.

»Sushi würde dir bestimmt nicht schmecken«, erkläre ich, »und um Karaoke zu singen, muss man lesen können.«

»Das finde ich gemein. *Diskrümelierung*!«

Romy lacht sich halb schief und erklärt Diskrümelierung zum Wort des Tages. Sie liebt Mikas Wortschöpfungen und findet ihn überhaupt total entzückend. Ist er ja auch mit seinen blonden Löckchen und seinem herzigen Gesichtchen, aber heute raubt er mir echt den letzten Nerv. Ständig stellt er meine Entscheidungen infrage, alles muss er ausdiskutieren, immer hat er das letzte Wort! Wie soll das bloß werden, wenn er erst in die Pubertät kommt? Na ja, das können dann Mum und Paps ausbaden. Wer weiß, wo ich dann lebe – vielleicht studiere ich, so wie Henriette, oder ich reise um die Welt, so wie Levin. Am coolsten wäre es natürlich, wenn ich mit meiner supererfolgreichen Band unterwegs wäre!

Noch wohne ich aber zu Hause und sterbe fast vor Lampenfieber, weil am Samstag das Schulfest stattfindet und damit mein erster Auftritt mit *The Rocking Teens*. Ich hoffe, Romy kann mich ein bisschen beruhigen – immerhin hat sie schon so viele Geigenvorspiele hinter sich, dass sie quasi eine Expertin in Sachen Lampenfieberbekämpfung sein müsste.

Aber das will ich ganz in Ruhe mit ihr besprechen – und das geht erst, wenn mein kleines Nervensägen-Brüderchen im Bett ist. Romy und ich spielen heute nämlich seine Babysitter, weil Mum und Paps ausgegangen sind. Das machen sie neuerdings jeden Monat ein Mal und nennen es *Partnerschaftsritual.*

Seit Paps in diesem Achtsamkeitsseminar war, wirft er ständig mit solchen Ausdrücken um sich. Jedenfalls darf ich bei der Gelegenheit meine eigene Achtsamkeit an Mika ausleben, oder wie er sagt: meine *Achsenzeit.* Passt auch viel besser, denn ich bin an diesen Tagen die ganze Zeit auf Achse: Erst muss ich Mika vom Kindergarten abholen, dann mit ihm zum Spielplatz gehen, auf dem Heimweg, wenn nötig, noch etwas zu essen einkaufen und ihn anschließend unter die Dusche stellen. Während ich den Tisch decke, darf er ein bisschen spielen, nach dem Essen folgt das Zähneputztheater (und es ist ein Theaterstück in mehreren Akten!). Anschließend bin ich fix und fertig und frage mich, wie Mum und Paps das mit vier Kindern geschafft haben. Es ist mir ein Rätsel.

Wie auch immer – sie haben sich einen freien Abend pro Monat echt verdient! Heute besuchen sie einen japanischen Garten, gehen anschließend Sushi essen und dann in eine

Karaoke-Bar. Das war natürlich Paps' Idee. Diesmal war er an der Reihe, das Programm festzulegen, und er hat sich für einen japanischen Abend entschieden. Mum war einverstanden (schließlich hat er sich letztes Mal auch nicht beschwert, als sie eine Kräuterwanderung gebucht hat und anschließend einen Tisch in einem veganen Restaurant). Sie hat ihm lediglich das Versprechen abgenommen, im Sushi-Lokal nicht auf Japanisch zu bestellen. »Wer weiß, was wir dann serviert bekämen!«, hat sie gesagt, und er war ein kleines bisschen beleidigt.

»Mika, wie weit bist du mit Aufräumen?«, rufe ich, als das Abendbrot fertig ist. Es gibt belegte Brote, die ich mit Eischeiben, aufgeschnittenen Gürkchen, Tomatenscheiben und Oliven dekoriert habe. Natürlich nicht, um Mika zu beeindrucken, sondern um das Ganze abfotografieren und an Mum schicken zu können. Sie steht auf so was, und es kann nicht schaden, Bonuspunkte bei ihr zu sammeln. Für alle Fälle.

»Fange gleich damit an«, tönt es aus seinem Zimmer zurück.

Na super. »Nicht gleich, sondern jetzt! Eigentlich solltest du längst damit fertig sein«, erwidere ich.

»Oh Mann, du klingst genau wie Mama«, beschwert sich Mika, und leider muss ich zugeben, dass er damit vollkommen recht hat. Das würde ich natürlich niemals laut aussprechen.

»Nicht frech werden, kleiner Mann!«, sage ich stattdessen und höre mich dabei nur noch mehr an wie Mum, wenn sie kurz davor ist, den Familienrat einzuberufen.

Ich spüre, dass mich meine Geduld verlässt. Jetzt fehlt nicht viel, und ich werde laut und ungerecht. Wenn Mika das Mum erzählt, sind die Bonuspunkte sofort wieder futsch.

Zum Glück kommt mir Romy zu Hilfe und kann das Schlimmste verhindern. »Das erledigen Mika und ich nach dem Essen gemeinsam. Einverstanden, mein Großer?«

Er strahlt sie an. »*Tiel!*«

Romy steht auf dem Schlauch. »Wer ist Tiel?«

»Er meint ›Deal‹«, erkläre ich und muss grinsen. Die schlechte Laune von eben ist verschwunden.

Als Mika eine gute Stunde später endlich eingeschlafen ist, machen Romy und ich es uns in meinem Zimmer gemütlich. Wir trinken selbst gemachte Erdbeerlimonade und futtern Chips aus der Tüte. Die hat Romy mitgebracht, weil sie weiß, dass so was Ungesundes in unserem Haushalt Seltenheitswert hat.

Ich jammere ihr vor, wie wahnsinnig aufgeregt ich wegen des Bandauftritts bin und dass ich deshalb für meinen nächsten Vlogbeitrag den Song *Nervous* von Shawn Mendes ausgesucht habe.

»Der passt perfekt dazu, wie ich mich gerade fühle. Bestimmt leidet Shawn Mendes auch unter Lampenfieber.«

»Na ja, eigentlich handelt der Song ja davon, wie aufgeregt er ist, wenn er an die Frau denkt, in die er verliebt ist«, behauptet Romy, während sie Burki streichelt, der sich in ihrem Schoß zusammengerollt hat. »Ich hab das neulich irgendwo gelesen.«

»Echt? Ist ja auch egal – ich interpretiere den Titel eben so, wie ich ihn empfinde. Sag mal, hast du eigentlich irgendwelche Tipps gegen Lampenfieber?«

»Da gibt's keine Tipps. Wozu auch? Lampenfieber ist super. Es sorgt für die nötige Anspannung. Umso konzentrierter spielt man anschließend. Aber ehrlich gesagt glaube ich nicht, dass du nur wegen des Auftritts nervös bist. Gib's zu, das hat vielmehr etwas mit Noel zu tun, stimmt's?«

Dieser Themenwechsel kommt jetzt ganz schön abrupt. Eigentlich will ich überhaupt nicht über Noel und meine Gefühle zu ihm reden, aber Romy durchschaut mich mal wieder.

»Na ja, ich finde ihn ziemlich cool«, gebe ich widerstrebend zu. Eigentlich vertrauen Romy und ich einander ja alles an, oder jedenfalls *fast* alles. Dass sie in Laurenz verliebt ist, hat sie mir schließlich auch nicht erzählt. »Er ist total nett und hilfsbereit, hat sogar Zusatzproben vorgeschlagen, damit ich sicherer werde. Und er selbst auch – er hat nämlich noch ganz schöne Texthänger.« Ich grinse, als ich an sein Fantasie-Englisch denke. Meine Bedenken, er könnte die Extra-Proben nur deshalb vorgeschlagen haben, weil er mich für den Schwachpunkt der Band hält, haben sich ruckzuck in Luft aufgelöst. Er brauchte sie nämlich mindestens so dringend wie ich selbst …

»Wie romantisch, zu zweit allein im Probenraum«, ruft Romy theatralisch und grinst, als hätte sie mich bei irgendetwas ertappt.

Ich bin empört und muss ihr natürlich sofort widersprechen. »Das war kein bisschen romantisch, vielmehr anstrengend, aber natürlich hat es auch voll Spaß gemacht. Und es hat wahnsinnig viel gebracht.«

»Du willst mir doch wohl nicht erzählen, dass ihr euch dabei nicht nähergekommen seid!« Romy kann ganz schön hartnäckig sein. Aber diesmal ist sie auf dem Holzweg.

»Wir haben einfach nur Musik gemacht. Ich glaube, *Californication* haben wir mindestens siebzehn Mal durchgeprobt, bis es endlich geklappt hat. Erst dachte ich, ich wäre noch nicht gut genug dafür, aber jetzt hab ich es doch hingekriegt. Willst du mal hören?«

»Nein, lass mal«, winkt Romy ab, und das ist wohl auch besser so, wie mir jetzt einfällt – nicht dass Mika wieder aufwacht und ich ihm noch einmal die komplette Geschichte von *Michel in der Suppenschüssel* vorlesen muss …

Trotzdem bin ich ein bisschen enttäuscht davon, dass sich Romy so wenig für meine Erfolge als Drummerin interessiert. Erst hat sie so begeistert getan, als ich mit meinem Vlog losgelegt habe, und mich sogar vor der halben Schule geoutet, und jetzt will sie gar nichts mehr davon hören.

»Ach, komm schon, Tocca, mir kannst du doch alles erzählen. Hat er dich geküsst? Falls ja, kann ich nur hoffen, dass er so ein guter Küsser ist wie Laurenz …«

Langsam nervt es mich, dass sie noch immer auf diesem Thema herumreitet. Und davon, wie sie mit meinem Kindergartenfreund herumknutscht, will ich lieber gar nichts hören. Das kommt mir irgendwie … falsch vor. Als würde ich ihn hintergehen. Oder er mich. Ach, ich weiß ja selbst nicht, was ich darüber denken soll, auf jeden Fall fühlt es sich schräg an.

»Hat er nicht. Er war einfach nur nett«, unterbreche ich Romy barscher, als sie es von mir gewohnt ist. Sofort tut mir meine Unfreundlichkeit leid. Aber sie ist ja selber schuld. Warum glaubt sie mir nicht?

Ich denke an Levin und seine Warnung vor *netten Jungs*. Hat sie etwa mit ihm geredet? Nein, bestimmt nicht. Romy und Levin haben noch nie mehr als das Nötigste miteinander gesprochen, und die Vorstellung, sie könnten geskypt oder telefoniert haben, ist mehr als absurd.

»Wollen wir einen Film anschauen?«, schlage ich in deutlich versöhnlicherem Ton vor.

»Au ja! Wie wäre es mit *Vampire Academy*?«

Zum Glück ist Romy nicht nachtragend. Deshalb stimme ich sofort zu, obwohl ich Vampirfilme ziemlich dämlich finde – im Gegensatz zu ihr. Sie steht voll drauf.

Während sie in den Film vertieft ist, lasse ich meine Gedanken schweifen. Vielleicht ist an dem, was sie gesagt hat, ja doch was Wahres dran? Insgeheim hoffe ich natürlich auch, dass diese Zusatzproben für Noel mehr bedeutet haben. Dass er es cool fand, Zeit mit mir zu verbringen …

Ich glaube, es ist mir nicht hundertprozentig gelungen, zu verbergen, dass ich auf ihn stehe. Natürlich habe ich nichts dergleichen gesagt, aber vermutlich bin ich öfter mal knallrot angelaufen. Und es kann auch gut sein, dass es ihm gefallen hat, von mir angeschmachtet zu werden. Manchmal hat er mich auf so eine besondere Weise angesehen, die ich kaum beschreiben kann. Länger, als nötig gewesen wäre, jedenfalls.

Ich frage mich, warum ich so empört reagiert habe, als Romy wissen wollte, ob wir uns geküsst haben. Vielleicht, weil ich enttäuscht war, dass genau das nicht passiert ist? Keine Ahnung. Ist ja auch egal. Zu mehr als intensiven Blicken wird es zwischen uns garantiert nie kommen. Wenn Noel es nicht versucht hat, als wir allein waren, wird er es garantiert nie tun. Ich bin ihm eben zu kindisch, ist doch klar.

Es ist eh besser, wenn ich mir meine Schwärmerei für Noel aus dem Kopf schlage. Sonst komme ich beim Auftritt womöglich noch aus dem Takt! Bisher hat es ja bei den Bandproben auch ganz gut geklappt, meine Gefühle auszublenden. Wenn die anderen Bandmitglieder dabei sind, versuche ich natürlich, mich cool zu geben. Das werde ich in Zukunft auch tun, wenn Noel und ich allein sind. Falls das überhaupt noch einmal vorkommt …

In den nächsten Tagen habe ich sowieso keine Zeit, an irgendwelche Küsse zu denken. Ich habe einfach so viel um die Ohren, dass ich fast nicht mehr weiß, wo mir der Kopf steht. Jede Menge Hausaufgaben, Klassenarbeiten und am Dienstag eine zusätzliche Bandprobe – die vorletzte vor dem Schulfest. Ich schlage mich ganz gut dabei. Die Nachhilfe bei Noel hat echt was gebracht.

Ich komme erst am Mittwochabend dazu, den geplanten

Vlogbeitrag über *Nervous* zu drehen. Blöderweise bewirkt er nicht, dass es mir danach besser geht, sondern dass ich noch viel aufgeregter bin als je zuvor. Mir geht echt die Düse, wenn ich an den Auftritt denke und daran, dass jeder meiner Fehler die ganze Band aus dem Konzept bringen kann.

Vor lauter Nervosität verspiele ich mich während des Videodrehs ständig und muss die Aufnahme immer wieder neu starten, bis ich gar keine Lust mehr habe, dazu noch groß etwas zu kommentieren. Ich gebe einfach nur das weiter, was Romy mir über Lampenfieber gesagt hat. Dass es angeblich gut für die Konzentration ist. Ich hoffe, das stimmt wenigstens.

Am Donnerstag steht die Generalprobe an. Ich habe schon ein flaues Gefühl im Bauch, als ich aufwache und natürlich sofort daran denke.

Na toll. Wie wird das dann erst übermorgen sein?

Diesmal funktioniert nicht mal mein Trick mit dem üppigen Frühstück, ich kriege einfach keinen Bissen runter. Ich probiere es trotzdem und kaue unendlich lang auf einem Mandarinenstück herum, bis nur noch die trockene Haut übrig ist, die ich unauffällig in ein Stück Kleenex spucke und verschwinden lasse.

»Übrigens – freust du dich eigentlich schon auf Samstag?«, fragt Paps urplötzlich in die Stille hinein. Normalerweise wird bei uns am Frühstückstisch nicht viel geredet – meine Eltern lesen Zeitung, ich bin morgenmuffelig, und das Plappermäulchen Mika konzentriert sich auf seine Haferflocken.

»Wieso auf Samstag?«, frage ich unschuldig und hoffe wie verrückt, dass er nicht das meint, was ich befürchte.

»Na, auf euer Schulfest«, macht er meine Hoffnung zunichte. »Um zehn geht's los, oder? Ich werde mich auf jeden Fall blicken lassen. Gibt es wieder den Stand mit den leckeren Smoothies?«

Herrje. Das ist ja schlimmer als befürchtet!

»Keine Ahnung, es gibt, soweit ich weiß, gar nichts Besonderes dieses Mal. Lohnt sich echt nicht, hinzugehen. Wenn ich nicht müsste, würde ich lieber daheimbleiben. Warum gehst du nicht lieber eine Runde joggen?«, sage ich. Vielleicht schaffe ich es ja irgendwie, ihm die Sache auszureden. Gleichzeitig überlege ich fieberhaft, woher er überhaupt von dem Schulfest weiß. Ich hab jedenfalls nichts verraten.

Offenbar habe ich mit meinem Gerede die Sache eher schlimmer gemacht, denn Mum, die bis eben hoch konzentriert einen Zeitungsartikel über Streuobstwiesen gelesen hat, hebt auf einmal den Kopf und wirkt ganz aufmerksam.

»Was habt ihr für Pläne? Irgendwas Interessantes?«

»Nein, total langweilig«, sage ich schnell.

»Tessa hat Schulfest und will nicht, dass wir dort *Schmusies* kriegen«, erklärt Mika, der gerade seinen Teller leer gegessen hat und sich sofort wieder einmischen muss.

»Er meint Smoothies«, erklärt Paps überflüssigerweise.

»Das klingt doch toll«, findet Mum. »Wann ist das? Am Samstag?«

»Ja – laut Elternbrief von zehn bis vierzehn Uhr«, erwidert

Paps, und damit liefert er auch gleich die Lösung des Rätsels: Klar, der Elternbrief. Den hätte ich mal lieber durchgelesen, bevor ich ihn zu Hause abgegeben habe.

»Samstag ist zwar ungünstig, weil da im Hofladen Hochbetrieb ist, aber ich hätte schon Lust, mitzugehen. Mama und Gunnar kommen ja morgen zurück, vielleicht kann einer von ihnen aushelfen, solange ich weg bin.«

Das muss ein böser Traum sein. Sie wollen *beide* hingehen? Beziehungsweise zu dritt – mit Mika … Aber wie in aller Welt soll ich dann meine Mitgliedschaft in der Schulband geheim halten?

»Findest du nicht, dass Oma Lydia und Gunnar nach ihrer langen Reise ein bisschen Ruhe brauchen?«, versuche ich, die Sache noch irgendwie zu retten.

»Na, hör mal, sie waren wochenlang im Urlaub, da sollten sie ja wohl gründlich ausgeruht sein«, entgegnet Mum lachend. »Eine Stunde im Laden aushelfen wird wohl nicht zu viel verlangt sein.«

Verflixt. Das klingt noch nicht einmal unlogisch. Ich muss mir was einfallen lassen!

Vielleicht könnte ich meine Haare unter einer Wollmütze verstecken … Das Schlagzeug steht ja eher im Hintergrund, und während alle Augen auf den Leadsänger gerichtet sind, wird mich vielleicht niemand beachten? Oder wenn, dann wenigstens nicht erkennen. Mit ein bisschen Glück könnte das funktionieren. Ich müsste nur dafür sorgen, dass meine liebe Familie abgelenkt ist. Vielleicht läuft zeitgleich die Kinderolympiade? Wenn Mika daran teilnimmt, werden sie ihn garantiert in die Turnhalle begleiten.

Da strahlt mich Mum an. »Vielleicht kannst du mich ja ein bisschen herumführen, Tessa«, schlägt sie vor. »Sicher werden auch die AGs vorgestellt – so war das jedenfalls früher immer, zu Levins und Henriettes Zeit. Du musst mir deine unbedingt zeigen!«

»Ähm – okay«, krächze ich.

Ich bin so was von geliefert!

09

»Schwesterherz«

Oder: Das muss ein Traum sein!

Die Generalprobe geht volle Kanne in die Hose. Ich komme gleich mehrmals aus dem Takt, Noel hat einen Texthänger nach dem anderen, Linus' Gitarre ist verstimmt, Elias hat die falschen Noten vor sich, und sogar Fynn verspielt sich ein Mal, was bisher noch nie vorgekommen ist.

Als sich Noel zum bestimmt zehnten Mal bei der Textzeile *It's understood that Hollywood sells Californication* verhaspelt, kann Linus einen leisen Fluch nicht unterdrücken.

»Hast du mir was zu sagen? Dann trau dich auch, es laut auszusprechen«, fährt Noel ihn an.

Paps würde jetzt sagen, *er hat eine niedrige Frustrationstoleranz und muss lernen, Kritik als eine Chance zur Selbstoptimierung zu erkennen.* Ich stelle mir vor, wie Noel auf diese Weisheit reagieren würde, und muss mich ziemlich zusammenreißen, um nicht laut loszuprusten. Es ist nur ein leises Glucksen zu hören, das ich mit einem gespielten Husten zu tarnen versuche, aber darauf fällt wohl niemand rein.

»Findest du das etwa lustig, Tessa?«, fragt Herr König stirnrunzelnd. Dann weist er Linus und Noel zurecht. »Es gibt keinen Grund, sich gegenseitig an die Gurgel zu gehen oder gar ausfällig zu werden. Noel, es wäre super, wenn du den Text bis Samstag draufhättest. Und Linus, du zahlst einen Euro in die Fluchkasse, okay?«

Wortlos angelt unser Gitarrist eine Münze aus der Hosentasche und steckt sie in das Sparschwein, das auf einem wackeligen Regal in der Ecke steht und mir bis eben nicht aufgefallen ist. Eine Fluchkasse – ist ja witzig. Wie viel da wohl drin ist?

»Wir spielen jetzt unser Repertoire noch mal durch«, sagt Herr König. »Was gar nicht klappt, streichen wir von der Setliste.«

Ich finde ja, wenn man danach ginge, müsste man unseren kompletten Auftritt streichen, denn auch dieser Durchgang läuft mehr schlecht als recht. Keine Ahnung, woran das bei den anderen liegt – bei mir ist es die Vorstellung, wie meine liebe Familie übermorgen mit fassungslosen Gesichtern vor der Bühne steht und mir dabei zusieht, wie ich mich bis auf die Knochen blamiere. Wie Mum nicht einmal enttäuscht ist, weil ich sie bezüglich der AG ein klein wenig hinters Licht geführt habe, sondern bloß noch Mitleid mit mir hat. Und wie Paps mir Achtsamkeitsübungen empfiehlt, um mit der Blamage besser zurechtzukommen …

»Okay, das war jetzt zwar noch nicht perfekt, aber für eine Generalprobe ganz in Ordnung«, kommentiert Herr König, als wir durch sind mit unserem Programm.

»Ganz in Ordnung?«, platze ich heraus. »Sind Sie sicher?«

Er lächelt nachsichtig. »Absolut sicher. Generalproben gehen nun mal meistens schief, umso besser klappt dann der Auftritt.«

Das sagt er doch bestimmt nur, um uns zu trösten!

»Wir sehen uns am Samstag, Leute. Treffpunkt eine Stunde vor dem Auftritt. Und denkt an eure Band-T-Shirts!« Herr Königs Blick fällt auf mich. »Du hast wohl noch keins, Tessa. Aber irgendwo müsste noch das deines Vorgängers herumliegen. Ach ja, dahinten im Regal. In der Plastiktüte. Immerhin frisch gewaschen, aber vielleicht nicht ganz deine Größe.«

Das ist ja wohl die Untertreibung des Jahrhunderts! Das T-Shirt ist für jemanden gemacht, der mindestens dreißig Zentimeter größer ist als ich und doppelt so schwer. Ich probiere es trotzdem an – es ist eine Katastrophe. Mindestens fünf Nummern zu groß. Ich versinke regelrecht darin.

»Machst du gern Camping, Tessa?«, flachst Elias. »Dann hast du Glück – du hast soeben ein neues Zelt bekommen.«

»Sehr witzig«, gebe ich zurück und ziehe eine Grimasse. Okay, der Spruch ist wirklich lustig, aber die Vorstellung, in diesem Ding auf der Bühne zu stehen, finde ich nicht besonders komisch.

»Ähm, also, ich hab noch mein altes Band-T-Shirt«, meldet sich Linus und fängt an, in seinem Rucksack herumzukramen. Er zieht einen flachen Karton hervor. Als er den Deckel öffnet, erkenne ich ein perfekt gebügeltes schwarzes T-Shirt mit der Aufschrift *The Rocking Teens* – und es ist definitiv *kein Zelt*!

»Hast du das für mich mitgebracht, Linus? Danke, das ist ja

nett!« Ich tausche das Riesenshirt gegen das in Größe S. »Sehr cool – es passt perfekt.«

Elias kann kaum glauben, dass Linus da mal reingepasst hat. »Da warst du wohl kleiner als deine Gitarre«, scherzt er.

Linus wird rot. »Na ja, ich bin immerhin schon seit vier Jahren in der Band«, erklärt er.

Ich rechne nach. Wenn er jetzt fünfzehn ist, muss er mit elf angefangen haben. Und ich dachte, *ich* sei das jüngste Bandmitglied aller Zeiten.

»Super, dass du das T-Shirt aufgehoben hast.« Es riecht sogar frisch gewaschen. Etwa extra für mich? »Vielen Dank.«

Ich freue mich wirklich darüber. Trotzdem bin ich noch immer ziemlich deprimiert. Was hilft es, ein passendes Band-T-Shirt zu tragen, wenn der Auftritt in die Hose geht?

Nachdenklich lege ich das Shirt wieder einigermaßen ordentlich zusammen, packe es zurück in den Karton und verstaue ihn in meinem Rucksack.

»Mach dir keine Sorgen«, sagt Noel, der meine Gedanken zu erraten scheint. »Was Herr König gesagt hat, stimmt tatsächlich, Ich habe das schon öfter erlebt. Generalproben sind immer frustrierend, aber wenn wir erst auf der Bühne stehen, läuft es bestimmt perfekt. Du wirst schon sehen.« Er setzt sich neben mich auf den Bühnenrand und legt beruhigend den Arm um mich.

Ich glaube ihm und fühle mich schon viel besser. Seine Berührung tut einfach gut. Damit gibt er mir das Gefühl, dazuzugehören.

Auf einmal fällt mir auf, dass die anderen längst gegangen sind. Noel und ich sind allein im Probenraum. Er lächelt und schaut mir direkt in die Augen. Seine sind einfach unfassbar blau, so wie das Meer an einem sonnigen Tag.

Ich weiß nicht, was ich sagen soll. Am besten gar nichts – es würde diesen unglaublichen Moment nur kaputt machen.

Was passiert wohl als Nächstes? Bestimmt gibt er mir gleich einen kumpelhaften Klaps auf die Schulter und steht auf. Aber nein – er neigt seinen Kopf zu mir hin. Ich schließe die Augen, und mein Herz klopft wie wild.

Das muss ein Traum sein!

Ist das jetzt der Augenblick, von dem ich geträumt habe? Wird er mich küssen? Ich male mir aus, wie seine sanften Lippen mich zärtlich berühren, und …

… dann geschieht es wirklich. Aber nicht ganz so, wie ich es mir vorgestellt habe. Eigentlich überhaupt nicht so! Seine Lippen sind feucht und fordernd. Ich spüre erst seine Zähne, dann seine Zunge in meinem Mund. Was macht er denn da? Das fühlt sich ja alles andere als schön an. Es ist … eklig. Ja, einfach widerlich. Und ich weiß überhaupt nicht, was er von mir erwartet. Soll ich etwa dasselbe tun? Meine Zunge in seinen Mund stecken und darin herumrühren? Dazu kann ich mich einfach nicht überwinden. Nein, ich lasse das Ganze einfach über mich ergehen und frage mich, warum in aller Welt ich mir gewünscht habe, dass das passiert.

Als es endlich vorbei ist, bin ich einfach nur erleichtert. Ich wage kaum, die Augen zu öffnen, doch ich kann sie ja schlecht auf ewig geschlossen halten, nur um mir Noels verächtlichen Blick zu ersparen. Er muss gespürt haben, dass ich nicht die geringste Ahnung habe, wie Küsse funktionieren.

Aber sein Blick ist kein bisschen herablassend. »Du bist die coolste Drummerin, die ich je getroffen habe, weißt du das?«, flüstert er und lächelt. Dabei schaut er mir wieder ganz tief in die Augen, sodass ich schon fürchte, dass eine weitere Knutschattacke bevorsteht. Zum Glück Fehlalarm.

Noel erhebt sich lässig und zwinkert mir zu. »Wir sehen uns«, sagt er und geht.

Ich starre ihm wortlos hinterher. Erst als die schwere Tür hinter ihm ins Schloss fällt, merke ich, dass ich zittere.

Meine Füße finden von allein nach Hause. Ich bin zu verwirrt, um mich auf den Weg zu konzentrieren, und noch viel verwirrter, als ich plötzlich vor unserem Eingang stehe – und das auch noch mit dem Schlüssel in der Hand.

Wann hab ich den aus der Tasche gekramt? Und überhaupt – wie bin ich hierhergekommen?

Ich habe keine Ahnung. In meinem Kopf herrscht Leere. Wie ferngesteuert schließe ich auf und begrüße Burki, der mir fröhlich kläffend entgegenhüpft. Ich leine ihn an und gehe unsere gewohnte Gassistrecke, und obwohl ich sie so gut kenne, kommt sie mir ganz fremd vor. Bis ich merke, dass der Weg genauso ist wie immer, nur ich bin es nicht.

»Ich glaube, ich bin gerade dabei, überzuschnappen«, teile ich Burki mit, was den nicht besonders beeindruckt – jedenfalls nicht so sehr wie die Duftmarke, die irgendein anderer Vierbeiner an einem Strauch hinterlassen hat. Natürlich muss er ihn ausführlich beschnuppern.

Als wir zurückkommen, ziehe ich meinen Schlafanzug an, lege mich ins Bett und ziehe mir die Decke über den Kopf. Ich will einfach niemanden sehen oder hören.

Irgendwann klopft Mum an und schaut herein, um mich zum Essen zu rufen. Ich sage, dass ich mich krank fühle und keinen Appetit habe. Sie bringt mir einen Tee, der irgendwie nach getrockneten Kuhfladen riecht, und streicht mir sanft über den Kopf.

»Ruf mich, wenn du was brauchst, okay, meine Große?«

Ich verspreche es, aber weiß jetzt schon, dass das nicht passieren wird. Wie sollte mir überhaupt jemand helfen können? Ich fühle mich so … dumm. Und betrogen. Es ist, als hätte ich von süßen Erdbeeren geträumt und eine Kotzfrucht serviert bekommen.

Über diesen schrägen Vergleich muss ich tatsächlich ein bisschen grinsen. Und ich weiß, wer sich darüber kaputtlachen würde: Romy!

Normalerweise würde ich in einer Situation wie dieser sofort mit ihr telefonieren. Sie käme auf der Stelle vorbei und würde mich trösten. Aber an dieser Situation ist so gut wie gar nichts normal. Erstens ist es noch nie vorgekommen, dass ich nicht sicher war, ob gerade ein Traum in Erfüllung gegangen ist oder das genaue Gegenteil der Fall ist. Und zweitens ist Romy heute mit Laurenz verabredet. Vermutlich sitzen sie gerade im Kino und knutschen. Ich will lieber nicht dran denken.

Wie kann sie nur darauf stehen?

Vielleicht bin ich ja noch zu jung und unreif für die Liebe … Romy ist immerhin schon dreizehn.

Ich wage mir gar nicht vorzustellen, was Noel über mich denkt. Bestimmt macht er sich vor den anderen Jungs aus der Band über meine Unerfahrenheit lustig. Garantiert hat er schon ganz viele Mädchen geküsst, und keine hat sich so dämlich und ungeschickt angestellt wie ich.

Auch wenn er hinterher supernett zu mir war – in der Erinnerung kommt mir seine Reaktion ziemlich mitleidig vor.

Ist das zu fassen? Ich hatte die Chance, mit einem der coolsten Jungs der ganzen Schule zusammenzukommen, und hab's versaut – weil ich mich vor seiner Zunge geekelt habe.

Herzlichen Glückwunsch, Tessa, das hat sicher noch keine geschafft.

»Ach, Burki, was mach ich denn jetzt nur?«, seufze ich, doch der wedelt nur treuherzig mit dem Schwanz.

Ich bin so mies drauf, dass ich nicht einmal Lust auf Musik habe – geschweige denn darauf, einen Blogbeitrag aufzunehmen.

Wenn ich doch wenigstens mit Henriette chatten könnte! Aber die hatte heute früh ihre letzte Prüfung und sitzt jetzt im Flieger nach Stockholm, um ihre beste Freundin Jill zu besuchen. Ausgerechnet, wenn ich ihren Rat so dringend brauche!

Schließlich war Henriette auch mal zwölf und unsicher. Damals hat sie sich ihre Sorgen von der Seele geschrieben …

Ja, das ist es!

Als sie in meinem Alter war, hat Henriette über ihre Pubertät gebloggt, und ihre Texte sind dann als Buch erschienen. Bestimmt hat sie darin auch etwas über das Küssen geschrieben. Sicher bin ich mir allerdings nicht. Ich habe schon so oft darin geschmökert, dass es fast auseinanderfällt. Allerdings habe ich es nie von A bis Z durchgelesen, sondern immer nur kapitelweise. Was mich eben gerade interessiert hat. Und bisher waren Küsse für mich noch kein Thema.

Alles, was Mädchen wissen sollten, bevor sie 13 werden steht in dem Regal direkt neben meinem Bett. Ich muss nicht mal aufstehen, um es herauszuziehen. Hastig blättere ich es durch und bleibe an einer Überschrift hängen, die mir bisher noch nie aufgefallen ist. Und fange an zu lesen.

Die Sache mit dem Küssen

Oder: Warum knutschen Menschen miteinander – obwohl das doch nun wirklich völlig unappetitlich ist?!

Kann mir mal einer erzählen, warum alle so versessen aufs Knutschen sind?

Leute, glaubt mir, die Sache ist einfach wi-der-lich! Und ich weiß, wovon ich rede. Nein, ich hab's nicht selbst ausprobiert, sondern schlimmer: Ich war Zeugin eines Sieben-Minuten-Kusses. Was für ein Geschmatze und Gesabbere … Nicht zu vergessen die zahllosen Bakterien, die dabei im »Feuchtbiotop Mundhöhle« ausgetauscht werden.

Wäre ich eine Lyrikerin, würde es mir furchtbar schwerfallen, nach diesem schockierenden Erlebnis ein romantisches Liebesgedicht zu verfassen. Doch ich bin glücklicherweise Wissenschaftlerin, also schreibe ich stattdessen einen Sachtext über die naheliegende Frage:

Warum tut sich der Mensch so etwas Unappetitliches überhaupt an?

Die Antwort ist schon eher nach meinem Geschmack als die Küsserei selbst. Es geht um reinste Biochemie! Das Hirn analysiert nämlich beim Knutschen den Speichel und findet heraus, wie der Kusspartner so drauf ist. Also ob er ein spießiger Couch-Potato, ein risikofreudiger Abenteurer, ein praktisch veranlagter Schreibtischtäter oder ein treuer Kuscheltyp ist. Irre, oder? Das Ganze liefert auch die Erklärung dafür, warum bei manchen Paaren schon nach dem ersten Kuss wieder alles aus und vorbei ist.

Die sind spucketechnisch einfach nicht kompatibel.

Allerdings gilt umgekehrt die Regel, dass eifriges Küssen bei denjenigen, die biologisch zusammenpassen, die Beziehung sogar festigt.

Alles, was ich bisher über das Knutschen geschrieben habe, ist – abgesehen von ein paar Anthropologen und jetzt auch mir und euch – kaum jemandem bekannt. Es erklärt allerdings noch nicht, warum Menschen es tun. Denn niemand knutscht ja mit dem Ziel, die Botenstoffe im Speichel des Partners zu checken. Jedenfalls nicht bewusst. Neulich zum Beispiel, als ich zwei eifrige Küsser beobachten musste (ja, es war eher unfreiwillig), hatte ich nicht gerade den Eindruck, als würden sie dabei besonders viel nachdenken. Zumindest nichts in der Art wie »Jetzt tauschen wir mal fleißig Botenstoffe aus, um zu schauen, ob unsere Hormone harmonieren«. Zur Frage, warum Menschen einander überhaupt küssen, haben Forscher die unterschiedlichsten Erklärungen. Und ich kann euch sagen: Eine Theorie klingt verrückter als die andere!

Es kommt aus dem Tierreich

Manche vergleichen das Geknutsche mit Tieren, die sich – wie Hunde zum Beispiel – gegenseitig an ihren Hinterteilen beschnüffeln. Ich muss sagen, diese Hypothese ist dermaßen widerlich, dass sie mir fast schon wahrscheinlich vorkommt. Andere Wissenschaftler meinen, das Küssen erinnere an die Mund-zu-Mund-Fütterung mancher Tierarten. Wieder andere glauben, der Mensch habe das Saugen und Schmatzen an der Mutterbrust gelernt und fände es so toll, dass er es auch nach dem Stillen nicht mehr missen möchte.

Es macht gesund und glücklich

Warum auch immer man es tut – das Küssen hat auf jeden Fall biologische Funktionen, und zwar gleich mehrere:

- Es hilft, den richtigen Partner zu finden.
- Es hilft, diesen Partner zu behalten.
- Es produziert Glückshormone.
- Es stärkt das Immunsystem.
- Es entspannt.

Angeblich erhöht häufiges Küssen sogar die Lebenserwartung. Aber was wäre das wohl für ein Leben, wenn man ständig rumknutschen müsste? Ich persönlich glaube, es kann nicht so besonders gesund sein. Vorerst benutze ich meinen Mund lieber zum Reden und zum Essen.

Und ihr so? Habt ihr schon mal probegeküsst?

Zugegeben, es ist schon eine Weile her, dass ich diesen Text geschrieben habe. Und ich muss gestehen, dass ich meine Meinung übers Küssen inzwischen gründlich geändert habe. Ich will euch nicht mit Details langweilen, aber als ich mich damals in meinen ersten Freund verliebt habe, fand ich es überhaupt nicht mehr eklig. Da wir inzwischen nicht mehr zusammen sind, käme es mir jetzt natürlich schräg vor, ihn zu küssen. Schließlich sind wir längst wieder im Kumpelmodus, und Kumpels knutschen nun mal nicht miteinander. Dafür ist bei mir jetzt mein neuer Freund zuständig. Und ich hoffe sehr, dass sich auch mein Ex bald wieder verliebt. Vielleicht ist das sogar längst passiert – ich habe da so einen gewissen Verdacht.

Nachdem ich den Text drei Mal komplett verschlungen habe, klappe ich das Buch zu und atme auf. Sehr beruhigend, dass Henriette mit zwölf die Vorstellung, mit jemandem zu knutschen, genauso eklig fand wie ich jetzt.

Ich bin fast sicher, diejenigen, deren Sieben-Minuten-Kuss sie damals unfreiwillig beobachtet hat, waren Levin und seine Freundin. Ob das damals schon Jill war? Oder eine ihrer vielen Vorgängerinnen? Ich nehme mir vor, Henriette bei nächster Gelegenheit zu fragen.

Was sie da über Spucke-Kompatibilität geschrieben hat, finde ich einerseits enttäuschend und andererseits tröstlich. Denn es bedeutet, dass Noel und ich wohl einfach nicht zusammenpassen, sonst hätte mich der Kuss nicht so abgestoßen. Schade. Aber damit ist es amtlich, dass es nicht an mir lag – sondern einfach daran, dass wir nicht füreinander bestimmt sind.

»Nicht zu fassen, jetzt hat mir Henriette richtig gut geholfen, obwohl ich überhaupt nicht mit ihr gesprochen habe«, sage ich zu Burki. Die Formulierung *Feuchtbiotop Mundhöhle* ist dermaßen typisch für meine große Schwester, dass es mir fast vorkommt, als wäre sie hier bei mir – und nicht nur ihr Buch.

»Wuff!«, macht er, was wohl bedeutet: *Na logisch, Zweibeinerin Tessa. Du und Zweibeinerin Henriette seid schließlich Geschwisterwelpen.*

Ich muss Henriette unbedingt eine Nachricht schicken!

Als ich WhatsApp öffne, entdecke ich, dass sie mir zuvorgekommen ist. Das muss echt Gedankenübertragung gewesen sein.

Hallo, Schwesterherz, ich bin gut gelandet und schicke dir ganz liebe Grüße aus Stockholm – auch von Jill. Irgendwie musste ich heute dauernd an dich denken. Alles gut bei dir? Übrigens – vielleicht wäre dieses Lied auch mal was für dein Vlog. Ich habe es als Klingelton gespeichert, aber nur für deine Anrufe. Umarmung, Henriette

Ich klicke den Link an. Er führt zu dem Song *Schwesterherz* von KLIMA. Der Text klingt, als wäre er für Henriette und mich geschrieben. Vor allem die zweite Strophe …

Du bist mein Spiegel, wenn ich mich nicht mehr find.
Und du bist der Ausweg, aus diesem Labyrinth.
Du bist die Stille, in all diesem Lärm.
Und wenn du aufgibst
auf diesem Weg,
dann werd ich dich tragen,
solange es geht, denn
ich seh dich immer noch so wie ein Kind.
Schwester, ich halt dich fest,
wenn du dich nicht mehr kennst.
Ich teil mit dir deinen Schmerz,
Schwesterherz

Und schon wieder kommen mir die Tränen. Aber diesmal nicht aus Traurigkeit, sondern weil ich glücklich bin, eine so tolle Schwester zu haben. Was kann einem da schon passieren?

10

»Don't Stop Me Now«

Oder: Ein Deal mit dem Schicksal – und Oma Lydia

»Cool, Mathe fällt aus!«, ruft Romy erfreut aus, nachdem sie den Vertretungsplan gecheckt hat.

»Genial«, erwidere ich aus tiefstem Herzen, denn ich hasse Mathe. Und die Sache hat noch einen Vorteil: Es bedeutet, dass ich nach der vierten Stunde heimgehen kann. Es ist also nur eine große Pause zu überstehen, bei der ich Noel und den anderen Jungs aus der Band begegnen könnte.

Okay, morgen beim Schulfest werde ich sie ohnehin treffen, aber bis dahin sind es immerhin noch sechsundzwanzig lange Stunden. Vielleicht gelingt es mir ja, mir inzwischen ein dickes Fell zuzulegen. Oder ich übe einfach vor dem Spiegel, ein cooles Gesicht zu machen, obwohl ich mich einfach furchtbar fühle.

»Kommst du heute Mittag mit uns ins Schwimmbad?«, schlägt Romy vor, während wir uns auf den Weg zum Klassenzimmer machen.

Ich ahne, wen sie mit *uns* meint – nämlich sich und Laurenz. Normalerweise hätte ich begeistert zugestimmt, denn an einem heißen Tag ist doch nichts schöner, als mit zwei Lieblingsmenschen auf der Liegewiese abzuhängen und sich ab und zu im Wasser abzukühlen. Aber dass die beiden jetzt ein Paar sind, ändert so einiges.

»Geht leider nicht, hab schon was vor«, nuschele ich daher, obwohl das nicht stimmt, und freue mich, als unsere Deutschlehrerin überpünktlich den Saal betritt, denn damit erspart sie mir weitere Erklärungen.

Sie hat einen dicken Stapel Hefte dabei.

»Oje, das Diktat von letzter Woche«, seufzt Romy. »Wenn ich wieder eine Fünf geschrieben habe, kann ich mich auf ein unschönes Wochenende gefasst machen.«

Doch dann erleben wir beide eine gewaltige Überraschung: Romy, weil sie eine glatte Zwei bekommen hat, und ich, weil ich – dank einer Reihe doofer Flüchtigkeitsfehler – nur eine Drei minus habe.

Ich ärgere mich über mich selbst, aber nicht zu sehr, denn eine Drei ist für mich voll okay. Vor allem aber freue ich mich für Romy. Sie kann es kaum fassen.

»Der Wahnsinn. Ich hab besser abgeschnitten als du – und das im Diktat. Nur ein einziger Kommafehler, unglaublich. Ein echtes Weltwunder!«

»Die Nachhilfe scheint ja doch was zu bringen«, erwidere ich. »Ist doch super.«

»Nachhilfe?« Romy zieht eine Grimasse. »Da geh ich schon lange nicht mehr hin. Das war ein Griff ins Klo. Der Typ konnte kein bisschen erklären. Aber Laurenz dafür umso besser. Er hat mit mir geübt, und *bämm*! Eine Zwei. Das muss ich ihm in der Pause gleich erzählen.«

Sie strahlt. Und ich zwinge meine Gesichtsmuskeln zu einem Lächeln. Denn ehrlich gesagt war ich in Rechtschreibung und Zeichensetzung schon immer viel besser als Laurenz. Und ich kann auch besser erklären! Warum hat Romy nicht mich um Hilfe gebeten? Ich habe ihr schon unzählige Male angeboten, mit ihr zu üben. Aber sie wollte nie. Tssss.

Moment. Bin ich jetzt etwa eifersüchtig auf Laurenz?

Unfassbar. Aber die Antwort lautet »ja«. Bin ich. Und wie!

Ich weiß, das ist ungerecht. Er kann ja nichts dafür. Und ich freue mich ehrlich für Romy, dass sie eine Zwei geschrieben hat. Aber tief in mir drin brodelt es gerade gewaltig …

»Am besten, du bedankst dich mit einem leidenschaftlichen Kuss bei ihm«, stoße ich hervor.

Romy starrt mich an, als hätte ich nicht mehr alle Tassen im Schrank. Was logisch ist, denn mein Ton passt in ihren Ohren überhaupt nicht zu meinem Vorschlag.

»Gute Idee«, sagt sie schließlich. »Werde ich tun. Und du solltest mal was essen. Wenn du hungrig bist, wirst du immer ganz merkwürdig.«

Irgendwie schaffe ich es, diesen Vormittag hinter mich zu bringen, ohne mit Romy oder Laurenz Streit anzufangen, ohne Noel in die Arme zu laufen und ohne dass sich in meinem Leben neue Dramen ergeben. Leider geschieht kein Wunder, das meine bisherigen Probleme auf einen Schlag löst: Weder wird das Schulfest abgesagt noch unser Bandauftritt. Okay, die Wahrscheinlichkeit dafür war auch ziemlich gering, aber man wird ja wohl noch hoffen dürfen.

Während sich Romy und Laurenz auf den Schwimmbadbesuch freuen und wahrscheinlich schon dabei sind, ihre Taschen zu packen, schlendere ich lustlos nach Hause. Es kommt mir vor, als müsste ich die ganze Last des Universums auf meinen Schultern tragen. Alles ist irgendwie blöd. Ich meine – es ist Freitag, und ich freue mich *nicht* auf das Wochenende. Da kann doch was nicht stimmen!

Doch als ich, den Kopf voll trüber Gedanken, in unseren Hof einbiege, sehe ich drei Dinge, die meine Laune sofort steigen lassen: erstens ein Wohnmobil. Zweitens einen fliederfarbenen Trolley. Und drittens einen Shopper mit der Aufschrift »Elvis has left the building«. *Oma und Gunnar sind wieder da!*

Ich werfe meinen Rucksack vor die Haustür und flitze sofort die Treppen hoch zu der Dachwohnung über Mums Hofladen. Auf halbem Weg kommt mir der Saunamann entgegen.

»Hey, Gunnar, cool, dass ihr zurück seid!«, begrüße ich ihn.

»Freust dich wohl schon auf unsere Mitbringsel, was?«, grinst er und umarmt mich. Er ist zwar nicht mein echter Opa, aber immerhin das Opaähnlichste, was unsere Familie zu bieten hat. Ich finde ihn richtig klasse, und seit Oma Lydia ihn kennt, ist sie noch cooler als zuvor.

Jetzt wird es aber allerhöchste Zeit, sie zu begrüßen. Ich würde ihr am liebsten um den Hals fallen, doch daraus wird erst mal nichts, denn als ich hereinkomme, sehe ich als Erstes ihre Füße. Sie macht mal wieder Kopfstand! Etwas, was ich trotz meiner Sportlichkeit noch nie hinbekommen habe. Ich kann nur Fußball und Leichtathletik – Oma Lydia dagegen macht schon ihr halbes Leben lang Yoga und kann sich verbiegen wie eine Brezel.

»Tessa-Kind!«, ruft sie erfreut und beendet die Übung. Zwei Sekunden später liegen wir uns in den Armen und drücken uns schier die Luft ab, bis wir beide zugleich lachen und weinen müssen.

»Ich wusste gar nicht, dass ihr schon so früh kommt«, sage ich, als ich wieder sprechen kann.

»Wir sind extra zeitig losgefahren, quasi mitten in der Nacht. Das sollte auch eine Überraschung werden. Eva wusste natürlich Bescheid – als Einzige. Ihr musste ich es sagen, damit sie für mich einkaufen gehen kann.« Sie reißt die Kühlschranktür auf und präsentiert den Inhalt. Jede Menge Gemüse, aber auch Muscheln, Garnelen und Hähnchenkeulen.

»Gibt es Paella?«, frage ich hoffnungsvoll.

»Richtig geraten. Heute Abend feiern wir ein Wiedersehensfest!«

Jetzt muss ich Oma Lydia gleich noch einmal um den Hals fallen, weil Paella mein Lieblingsgericht ist und es niemand so gut kochen kann wie sie. Kein Wunder, sie hat schließlich jahrelang ihre Winter auf La Gomera verbracht, und dort gibt es dieses leckere Reisgericht an jeder Ecke.

»Ich helfe dir«, biete ich an.

»Lieb von dir, aber heute nicht«, sagt Oma. »Ich muss ja auch noch auspacken und mich duschen und überhaupt. Demnächst kochen wir mal wieder gemeinsam, versprochen.«

Als ich ein paar Stunden später gemeinsam mit Mum, Paps und Mika bei Oma und Gunnar aufkreuze, duftet es einfach köstlich – nach Zwiebeln, Erbsen, Knoblauch, Muscheln und all den leckeren Zutaten, die laut Omas Geheimrezept in die Paella kommen. Der Tisch ist mit knallbuntem Geschirr gedeckt. Bei Oma Lydia ist überhaupt alles knallbunt, sie selbst und ihre Klamotten eingeschlossen. Ich sage nur: orangefarbenes Sofa, violette Wände, kanarienvogelgelbe Tischdecke. Oma selbst trägt heute eine Jeans in Pink und darüber eine gebatikte Tunika in Petrol. Mit anderen Worten: Romys stylishe Architekteneltern, bei denen alles in Weiß und Grau gehalten ist und übertrieben aufgeräumt wirkt, würden ohnmächtig, wenn sie hier hereinkämen. Im Vergleich zu ihrem Designerhaus wirkt Omas Wohnung wie ein explodierter Bonbonladen.

Oma serviert die Paella, und wir lassen es uns schmecken. Ich schaffe drei ganze Teller voll!

Nach dem Essen zeigt der Saunamann jede Menge Fotos aus dem Urlaub. Finnland muss toll sein – nicht nur wegen der vielen Seen, der Wälder und der Saunen. Während Gunnar uns erklärt, welche Sehenswürdigkeiten auf den Helsinki-Fotos zu sehen sind, geht Oma ins Nebenzimmer und kommt mit einem Wäschekorb voller Geschenke zurück.

»Weihnachten!«, kräht Mika und bringt uns alle zum Lachen – diesmal auch ohne Wortneuschöpfung.

»Das sind bloß ein paar Mitbringsel«, erklärt Oma und verteilt die Päckchen.

Paps bekommt Salmiak-Pastillen und Rentierschinken, Mum Birken-Shampoo und Lakritz-Beeren-Likör, Mika freut sich über eine Tasse mit Mumins-Motiv und finnische Haferkekse, die *Kauralastut* heißen, und ich packe einen Plüschelch und Fazer-Schokolade aus. Alles typisch finnisch, erklärt Gunnar.

»Aber das wäre doch nicht nötig gewesen, Mama«, sagt Mum.

»Natürlich nicht, Eva«, erwidert Oma lächelnd. »Geschenke sind nie nötig. Sie sollen einfach nur eine Freude machen. Ich hoffe, das ist uns mit diesen Souvenirs gelungen.«

»Apropos Freude, ich wollte dich bitten …«, beginnt Mum, und sofort ahne ich, worauf das hinausläuft. *Oh nein!* Das muss ich dringend verhindern!

»Sehr cool, vielen Dank für das tolle Geschenk«, brülle ich, springe auf und falle Oma erneut um den Hals – aber nur, um ihr unbemerkt meine Botschaft ins Ohr flüstern zu können.

Jetzt kann ich nur hoffen, dass sie mich verstanden hat und weiß, was zu tun ist.

»Ähm, was ich sagen wollte«, fährt Mum fort, nachdem ich mich wieder hingesetzt habe, »könntest du morgen eventuell für zwei Stunden im Hofladen einspringen? Das wäre echt super.«

Oma runzelt die Stirn und wirft mir einen schnellen Blick zu. Ich schüttele unmerklich den Kopf.

»Sorry, Eva, normalerweise helfe ich dir jederzeit gern, aber morgen bin ich leider schon verabredet«, bedauert Oma. Sie ist wirklich die weltbeste Schauspielerin!

»Schade, Tessa«, wendet sich Mum jetzt an mich, »dann werde ich dein Schulfest wohl versäumen.«

»Ach, nicht so schlimm«, sage ich und bemühe mich, ein enttäuschtes Gesicht zu machen, obwohl ich doch am liebsten laut jubeln würde.

»Ich kann auch nicht kommen – blöderweise ist morgen auch das Kindergartengrillfest, das hab ich ganz vergessen. Mika und ich müssen dort hin«, erklärt auch Paps bedauernd.

Ich kann mein Glück kaum fassen!

»So ein Pech. Aber es ist okay, nicht schlimm«, sage ich, ohne rot zu werden. Vermutlich bin ich auch keine schlechte Schauspielerin.

Als es Zeit wird, Mika ins Bett zu bringen, herrscht allgemeine Aufbruchstimmung.

»Ich helfe dir noch ein bisschen beim Aufräumen«, bietet Mum an, doch Oma schüttelt den Kopf. »Das übernimmt Tessa. Hat sie mir versprochen, nicht wahr?«

Hab ich zwar nicht, aber ich nicke trotzdem. Mir ist klar, was Oma wirklich meint. Ich schulde ihr eine Erklärung.

Während der Saunamann die restliche Paella abräumt, die Teller in die Spülmaschine stellt und schließlich staubsaugt, spült Oma die empfindlichen Gläser von Hand. Ich trockne ab.

Wortlos.

Ich weiß nicht, wie ich anfangen soll. Seit Tagen sehne ich mich danach, Oma Lydia mein Herz auszuschütten, und jetzt fehlen mir die Worte.

»Du hast also Geheimnisse vor deinen Eltern?«, fragt Oma schließlich.

Ich seufze. »Nicht nur eins«, gebe ich zu, und damit ist der Knoten geplatzt. Ich erzähle ihr alles. Dass ich *DrummerQueen* bin und einen eigenen YouTube-Kanal habe, der inzwischen fast fünfhundert Follower hat. Dass ich nicht in einer normalen Schul-AG bin, so wie Mum sich das vorstellt, sondern in der Band *The Rocking Teens*. Und dass ich dort nicht nur das jüngste Mitglied bin, sondern auch das einzige Mädchen …

»Und morgen tretet ihr auf dem Schulfest auf«, schließt Oma Lydia messerscharf. »Das sollen deine Eltern nicht mitkriegen, weil …?«

»Na ja. Die Generalprobe ist total schiefgelaufen. Das wird bestimmt ein totaler Reinfall. Ich will nicht, dass sie das mitkriegen. Außerdem bin ich auch so schon furchtbar nervös.«

In dem Moment platzt das Glas, das ich gerade trocken reibe. Ich habe wohl zu fest zugedrückt.

»Scheint mir auch so. Das reinste Nervenbündel. Zeig mal her, du blutest ja.«

Oma holt Pflaster und verbindet meine Wunde. Zum Glück ist es nur ein kleiner Kratzer. Dann holt sie eine Packung

Schokoladeneis aus dem Tiefkühlfach und macht uns zwei Eisbecher.

Ich vergesse, dass ich eigentlich pappsatt bin, und lasse mir das Eis schmecken.

»Lecker«, sage ich.

»Hm«, macht Oma genießerisch. Dann legt sie den Kopf schief. »Also angenommen, euer Auftritt liefe super – wann würdest du deinen Eltern reinen Wein einschenken? Nächste Woche? Nächstes Jahr? Mit fünfundzwanzig?«

Ich muss lachen. »Ich weiß, dass Henriette erst nach zwei oder drei Jahren von ihrem Blog und dem Buch erzählt hat.«

»Henriette ist ja auch die weltgrößte Geheimniskrämerin«, grinst Oma. »In diesem Punkt musst du deiner großen Schwester nicht unbedingt nacheifern. Ich glaube, im Nachhinein bedauert sie selbst, dass sie nicht früher die Wahrheit gesagt hat.«

»Also, ich würde sagen, wenn alles gut gegangen ist, mache ich das gleich am nächsten Tag«, rutscht es mir heraus, ohne dass ich groß darüber nachgedacht hätte. Aber gesagt ist gesagt. Und irgendwie fühlt es sich auch gut an. Die ganze Heimlichtuerei ist wahnsinnig anstrengend, und mittlerweile frage ich mich, warum ich mich überhaupt dafür entschieden habe. Hätte ich Mum und Paps von Anfang an gleich von der Band erzählt, hätte ich mir jede Menge Stress erspart. Dann hätte ich jetzt eine Baustelle weniger. Bleiben nur noch das Lampenfieber, die Angst, sich auf der Bühne zu blamieren – und die Sache mit Noel. Ich seufze.

»Da ist doch noch etwas.« Oma kann ich einfach nichts vormachen. »Was liegt dir denn außerdem auf dem Herzen?«

»Ach, nichts«, schluchze ich und mache meine Behauptung damit sowas von unglaubwürdig! Selbst Paps würde trotz seiner Verpeiltheit merken, dass das nicht stimmen kann.

Es kostet Oma Lydia keine drei Minuten und höchstens fünf gezielte Fragen, um mir die ganze Geschichte mit meiner Schwärmerei für Noel und unserem verunglückten Kuss zu entlocken.

»U-hu-hund dabei sollte das doch etwas Schönes sein, so ein erster Kuss. Romy und Laurenz knutschen in letzter Zeit andauernd, was mich voll nervt, aber anscheinend macht es sie ja glücklich. Ich hab mir so gewü-hü-hünscht, dass Noel sich für mich interessiert. Ja, dass er mich küsst. Aber dann war das einfach nur e-he-heklig«, jammere ich, während mir die Tränen wie Sturzbäche über die Wangen laufen. »Ich glaube, ich habe alles falsch gemacht. Bestimmt hält er mich für kindisch und macht sich über mich lustig.«

Oma Lydia nimmt mich in den Arm und streichelt mir sanft über den Kopf. »In der Liebe kann man nichts falsch machen, Tessa-Schatz – es kann sich nur falsch anfühlen. Und wenn sich dieser Kuss nicht gut angefühlt hat, liegt es daran, dass er unerwartet oder zum falschen Zeitpunkt kam oder dass du einfach noch nicht bereit dafür bist. Wenn dieser Noel dich wirklich mag, wird er dich zu nichts drängen, was dir widerstrebt. Und er wird sich erst recht nicht lustig über dich machen, sondern deine Gefühle ernst nehmen.«

»Glaubst du wirklich?«, schniefe ich.

Oma reicht mir ein Taschentuch. »Und ob ich das glaube. Ich weiß es sogar. Und wenn nicht, war er es nicht wert. So einfach ist das.«

Pah! Als ob in meinem Leben irgendetwas einfach wäre!

Aber tief in mir drin spüre ich, dass Oma Lydia recht hat. Und schon geht es mir viel besser. Was ich daran merke, dass mir das Schokoladeneis, das schon halb geschmolzen ist, auf einmal doppelt so gut schmeckt wie zuvor. Mindestens!

Nachdem ich aufgegessen habe, räumen Oma und ich gemeinsam das saubere Geschirr weg. Diesmal geht nichts zu Bruch!

»Dann schlaf mal gut, Tessa-Kind«, verabschiedet sich Oma.

»Gute Nacht. Du bist die Allerbeste«, erwidere ich.

Ich bin gerade in meinen Schlafanzug geschlüpft, als eine WhatsApp eingeht. Von Romy? Oder etwa von Noel?

Nein, von Oma Lydia:

Gunnar und ich betrachten gerade staunend deine DrummerQueen-Videos. Ganz ehrlich: Du musst dir überhaupt keine Sorgen machen wegen des Auftritts. Du bist super! Umarmung von Oma – und ganz liebe Grüße von deinem sehr stolzen Schlagzeuglehrer ☺

Also, wenn sogar der Saunamann mein Vlog gut findet … Dann muss ich das ja wohl glauben, oder?

Auf einmal kann ich den Bandauftritt kaum erwarten. Wir werden das Schulfest rocken, jawohl!

Zum Einschlafen höre ich *Don't Stop Me Now* von Queen in Dauerschleife.

Alles wird gut werden!

11

»Allein allein«

Oder: Verkehrte Welt

Es ist ungewohnt, an einem Samstagmorgen in die Schule zu gehen. Oma hat erzählt, dass das früher ganz normal war. Nicht nur bei Schulfesten, sondern jeden Samstag. Echt krass.

Wenn ich die Wahl zwischen Unterricht und dem Bandauftritt hätte, wofür würde ich mich dann wohl entscheiden?

Gestern hätte ich noch gesagt: Unterricht! Meinetwegen sogar sechs Stunden Mathe am Stück.

Und jetzt? Bin ich mir unsicher. Immerhin hasse ich Mathe! Und liebe meine Drums. Also sollte ich mich eigentlich auf den Auftritt freuen, oder? Zumal Oma und Gunnar mir wirklich Mut gemacht haben.

Wenn da nicht dieses verflixte Lampenfieber wäre …

Der Schulhof sieht wie verwandelt aus. Überall wurden Stände aufgebaut. Die Achtklässler wollen Smoothies verkaufen, die Zehntklässler machen Burger, die Unterstufe hat eine Kinderolympiade aufgebaut, die Imker-AG bietet Honig und Bienenwachskerzen an. Noch laufen überall die Vorbereitungen, offiziell startet das Fest erst in einer Stunde.

Mein Blick wandert hinüber zu der Bühne, die neben der Turnhalle aufgebaut wurde. Herr König schleppt Kabel und Mikros hin und her, und wieder sieht es so aus, als liefe er Gefahr, seine langen Arme und Beine darin zu verheddern. Inzwischen weiß ich ja, dass das nicht passieren wird.

Ich kann nur hoffen, dass er mit seiner Vorhersage recht behält: dass nach einer verkorksten Generalprobe auf der Bühne alles super laufen wird.

Sofort werden meine Hände schweißnass, mein Mund wird trocken, und mein Herz pocht im Galopp.

Na super. Eben habe ich mich noch fast darauf gefreut, auf die Bühne zu dürfen und allen zu zeigen, was ich draufhabe. Und jetzt würde ich am liebsten abhauen.

Vielleicht kann ich mich krankmelden? Gestern habe ich doch so super geschauspielert, bestimmt schaffe ich das auch jetzt …

»Hey, Tessa, cool, dass du schon da bist. In einer halben Stunde ist Soundcheck.« Elias grinst mich an. »Steht dir gut, das Band-T-Shirt. Besser jedenfalls als das Zelt.«

Na gut. Dann mache ich mich eben doch nicht aus dem Staub. Wäre auch ganz schön fies, die Jungs im Stich zu lassen.

Wer uns allerdings im Stich lässt, ist Noel. Statt uns zu helfen, die Instrumente aus dem Probenraum zu holen und auf die Bühne zu schleppen, taucht er erst in allerletzter Sekunde auf.

»Ich musste mich einsingen. Bin etwas heiser«, erklärt er großspurig und klingt dabei kein bisschen erkältet.

»Diva«, murmelt einer der anderen Jungs. War das Linus? Ich muss lachen. Er lächelt zurück, während Noel so tut, als hätte er nichts gehört.

Und dann ist es so weit: *The Rocking Teens* betreten die Bühne. Alle Augen sind auf uns gerichtet. Auf dem Schulhof drängt sich das Publikum – ich sehe auch viele bekannte Gesichter: Olivia, Mia, Felix, Sophie, Aaron, Jana, Ruben, Max, Justus, Anne … und ganz vorne Romy und Laurenz. Sie jubeln uns zu. Laurenz macht das Daumen-hoch-Zeichen, Romy wirft mir einen Luftkuss zu. Ich bin echt froh, dass sie mich so unterstützen, auch wenn ich mir gleichzeitig wünsche, ganz weit weg zu sein.

Gleich geht es los. Mein Herz rast. Aber die Aufregung ist nicht mehr ganz so schlimm wie zuvor. Vielmehr komme ich mir so vor, als wäre ich gar nicht ich selbst, sondern eine Schauspielerin, die eine Rolle spielt. Die einer Drummerin. Vielleicht ist das ja auch wirklich so? *Vielleicht träume ich ja bloß?*

»Tessa, worauf wartest du?«, zischt Fynn mir zu.

Ich erschrecke. Alle starren mich erwartungsvoll an. Da wird mir klar, dass ich diejenige bin, die anfangen muss. Mein Schlagzeugspiel gibt Rhythmus und Tempo vor. Ohne mich sind die anderen verloren.

Panik erfasst mich. Dann konzentriere ich mich auf die Drumsticks in meinen Händen und lege los …

Die nächste Dreiviertelstunde vergeht wie im Rausch. Nach den ersten zaghaften Takten werde ich immer sicherer, und bald beginne ich, unseren Auftritt regelrecht zu genießen – vor allem den Riesenapplaus, den wir ernten.

Alles läuft perfekt! Na ja, fast perfekt – aber dass Noel bei *Boulevard Of Broken Dreams* von Green Day den Text der vierten Strophe vergisst und stattdessen zwei Mal die dritte singt, fällt außer uns wohl niemandem auf. Davon abgesehen hat nicht mal unser Leadsänger einen Hänger, und alles klappt wie am Schnürchen.

Ich bin fast enttäuscht, als wir fertig sind und nach einer Zugabe (wir wiederholen *Californication*) von der Bühne gehen.

Wir fallen uns alle in die Arme und freuen uns riesig über diesen Triumph. Ich bin megastolz, vor allem, als Noel mich drückt und mir »Gut gemacht, *DrummerQueen*« ins Ohr flüstert.

Während wir die Instrumente abbauen und zurück zum Probenraum schleppen, male ich mir aus, wie dieser Tag für mich weitergeht. So weit habe ich nämlich vorher noch nie gedacht. Ich hatte so viel Panik vor dem Auftritt, dass ich überhaupt nicht überlegt habe, was danach kommt.

»Nimm du lieber die leichteren Teile«, sagt Linus und schnappt mir die große Bass Drum, nach der ich gerade greifen wollte, vor der Nase weg. Völlig überflüssig, wie ich finde, denn ich bin voller Energie und fühle mich megastark. Aber lieb von ihm.

»Wo treibt sich eigentlich unser Superstar herum?«, fragt Fynn.

»Der muss sein Instrument ölen«, kommentiert Elias grimmig und deutet in Richtung des Getränkestandes.

Ich habe auch Durst und nehme mir vor, mich gleich zu ihm zu gesellen, wenn wir mit dem Abbau fertig sind. Vielleicht lädt er mich ja auf eine Limo ein? Oder schlägt vor, dass wir uns die restlichen Stände gemeinsam anschauen. Vielleicht spazieren wir gleich Hand in Hand über das Schulfest …

Doch gerade, als ich gemeinsam mit den anderen Jungs rüberlaufen will, kommen Romy und Laurenz auf mich zu, um mir zu dem gelungenen Auftritt zu gratulieren.

»Ihr wart der Hammer!«, schwärmt Romy. »Einfach genial. Ich war dermaßen stolz auf dich.« Sie zückt ihr Handy. »Los, wir machen ein BFF-Selfie. *GeigenGirl* und *DrummerQueen*. Sind wir nicht ein tolles Team?«

Ja, das sind wir. Ich umarme sie ganz fest und drücke ihr einen fetten Schmatzer auf die Wange.

»Wofür war der denn?«, lacht sie.

»Dafür, dass ich manchmal so bescheuert bin – und du es trotzdem mit mir aushältst«, erwidere ich.

Und dann umarme ich auch Laurenz, der sich nicht dagegen wehren kann, weil er mal wieder die Hände ganz tief in den Hosentaschen vergraben hat.

»Habt ihr Lust auf einen Filmabend?«, frage ich spontan, denn ich verstehe auf einmal selbst nicht mehr, warum ich es bisher so seltsam fand, dass sich meine beste Freundin und mein bester Freund ineinander verliebt haben. Ist doch eigentlich ideal!

»Morgen vielleicht«, sagt Romy bedauernd. »Heute Abend gehe ich mit Mama und Papa ins Theater.«

»Und ich gehe zum Bowling«, erklärt Laurenz. »Meine Cousins und Cousinen aus Hamburg sind zu Besuch, das wird ein Riesen-Familienbattle.«

»Okay, dann vielleicht ein anderes Mal«, sage ich. Wer weiß, vielleicht habe ich heute Abend ja eh etwas viel Aufregenderes vor? Kommt drauf an, was sich gleich noch ergibt. Wo steckt überhaupt Noel? Die anderen Jungs habe ich auch schon eine Weile nicht mehr gesehen.

»Kommst du mit? Wir wollen uns die Jazztanzvorführung in der Turnhalle anschauen«, schlägt Romy vor.

»Geht nur«, sage ich. »Vielleicht komme ich später nach. Ich bin jetzt noch mit den Jungs aus der Band verabredet.«

Okay, das stimmt nicht so ganz. Aber hatten die nicht vor, etwas trinken zu gehen?

Am Getränkestand ist allerdings keiner von ihnen zu sehen. Auch Noel ist nicht mehr da.

Ich klappere auch die anderen Stände ab. Vielleicht hatte er ja Appetit auf einen Burger? Oder einen Smoothie? Doch Fehlanzeige.

Das Hochgefühl, das ich nach dem Bandauftritt hatte, löst sich in Luft auf.

Ich versuche, mich daran zu erinnern, wie es sich angefühlt

hat, als Noel mich vorhin gedrückt hat. Und wie er mir »Gut gemacht, *DrummerQueen*« zuflüsterte.

Im ersten Moment war ich fast sicher, seine Stimme klang zärtlich. Womöglich sogar ein bisschen verliebt. Aber das habe ich in meiner Begeisterung über den gelungenen Auftritt vielleicht ganz falsch interpretiert. Was, wenn es in Wahrheit eher von oben herab gemeint war? So wie man ein Hündchen lobt, wenn es einen neuen Trick gelernt hat.

Tsss.

Wenn ich so zurückdenke, war Noels Verhalten mir gegenüber bis zu dem verunglückten Kuss eher zurückhaltend. Nicht gerade abweisend, aber irgendwie so – kumpelhaft. Als wäre ich einer der Jungs. Geflirtet hat er nie mit mir. Auch nicht bei unseren gemeinsamen Extra-Proben. Da hat er sich voll auf die Musik konzentriert. Nur ich habe ihn angeschmachtet. Und er hat es sich gefallen lassen.

Aber warum hat er dann überhaupt versucht, mich zu küssen? Einfach nur, weil es sich so ergeben hat? Fand er mich hübsch? Witzig? Irgendwie süß? Oder wenigstens cool? Und was denkt er jetzt über mich? Dass ich voll verpeilt bin?

Ich kann nur hoffen, er erzählt den anderen nichts davon, wie blöd ich mich beim Küssen angestellt habe … Dann müsste ich wohl vor Scham die Schule wechseln. Oder am besten die Stadt!

Ich hätte auf Levin hören sollen. *Vorsicht bei zu netten Jungs*, hat er mich gewarnt.

Oder hat sich Levin doch geirrt, und Oma Lydia hatte recht?

Wenn dieser Noel dich wirklich mag, wird er deine Gefühle ernst nehmen, hat sie gesagt.

Tja, vermutlich stimmt beides. Noel war übertrieben nett, aber meine Gefühle nimmt er nicht ernst. Sie interessieren ihn vermutlich nicht die Bohne. Sonst wäre er jetzt hier bei mir.

Stattdessen bin ich allein. Jedenfalls so allein, wie man inmitten von ein paar Hundert Menschen nur sein kann.

Am besten, ich vergesse Noel und das ganze Kusschaos. Ich hab's echt versaut. Und jetzt mag er mich nicht mehr. Aber immerhin findet er mich gut – am Schlagzeug. Das muss mir wohl genügen.

In der Turnhalle halte ich Ausschau nach Romy und Laurenz. Aber die Tanzvorführung ist schon beendet, und sie sind nicht mehr da. Mein Magen knurrt. Also kaufe ich mir einen Cheeseburger und verputze ihn im Stehen. Dann sehe ich auf die Uhr. Es ist Punkt zwölf. Das Schulfest dauert zwar noch bis zum Nachmittag, aber unsere Anwesenheitspflicht endet genau jetzt.

Perfekt.

Ich beschließe, mich auf den Heimweg zu machen.

In diesem Moment tippt mir jemand von hinten auf die Schulter. Ich drehe mich um und stehe vor Linus.

»Hey, auch noch da?«, fragt er überflüssigerweise.

»Wie du siehst«, erwidere ich und grinse. Er nicht. Deshalb rede ich schnell weiter. »Ich wollte aber gerade gehen, also …«

»Hm, ach so«, macht er und schiebt sich eine störrische

Locke, die ihm immer wieder vor die Augen fällt, aus dem Gesicht. »Ich dachte, vielleicht hast du Lust auf eine Cola?«

Ähm – war das jetzt ein unverbindlicher Vorschlag, eine höfliche Frage oder eine Art Einladung?

Vermutlich wollte er einfach nur irgendwas sagen. Jetzt lächelt er mich zaghaft an, und ich frage mich, ob er mich vorhin beobachtet hat. Weiß er, dass ich vergeblich nach Noel Ausschau gehalten habe? Dass ich allein über das Schulfest gelatscht bin in der Hoffnung, ihn zu treffen? Weiß er etwa von dem peinlichen Kuss? Hat er Mitleid mit mir? Denn darauf habe ich nun wirklich keine Lust.

»Lass mal«, winke ich ab. »Ich hab's ja nicht weit bis nach Hause, und dort kann ich so viel trinken, wie ich will.«

Linus wirkt fast ein bisschen enttäuscht. Oder erleichtert? Ich kenne ihn nicht gut genug, um sein schiefes Grinsen zu deuten.

»Tja. Na ja. Da hast du wohl recht«, antwortet er.

»Tja«, echoe ich.

»Na, dann geh ich auch mal nach Hause«, sagt er. »Wollen wir zusammen gehen? Ich muss hier lang.« Er deutet nach links.

»Und ich hier lang«, erkläre ich und deute nach rechts.

»Oder doch vielleicht erst noch 'ne Cola?«

Ich muss lachen. »Kannst dich wohl nicht entscheiden, was?«

Er guckt ein bisschen unglücklich aus der Wäsche, dann lacht er mit. »Ist nicht gerade meine Stärke.«

Im Nachhinein bereue ich, nicht auf Linus' Vorschlag eingegangen zu sein – denn das war es ja wohl. Er wollte bestimmt nur freundlich sein. Und ich blöde Kuh lehne ab, weil ich nicht bemitleidet werden wollte.

Was hab ich davon? Ich bin allein – und bemitleide mich selbst. Als ich zu Hause ankomme, ist keiner da. Logo – Paps ist mit Mika im Kindergarten und Mum im Hofladen. Ich schau kurz bei ihr herein, um Bescheid zu sagen, dass ich wieder da bin. Dann flitze ich die Außentreppe hoch, um Oma zu erzählen, wie der Auftritt gelaufen ist. Aber natürlich ist sie weg. Schließlich hat sie gestern Abend mir zuliebe behauptet, heute etwas vorzuhaben. Offenbar hat sie Burki mitgenommen, denn er kommt mir nicht entgegengehüpft, als ich unsere Haustür aufschließe. Im ersten Moment erschrecke ich und fürchte, Burki wäre krank. Dann entdecke ich den Zettel, den Oma auf mein Bett gelegt hat:

Liebe Tess, du hast uns ja zu einem Ausflug gezwungen – also fahren wir heute in den Spreewald. Burki freut sich schon auf die Bootsfahrt. Morgen musst du mir gleich erzählen, wie euer Auftritt war! Und vergiss nicht, dein Versprechen einzulösen … Umarmung, Oma

Ups, stimmt ja – ich habe versprochen, Mum und Paps die Wahrheit über meine Schlagzeugerinnenkarriere zu erzählen.

Aber Paps ist ja nicht da, und Mum hat zu tun. Ich warte

lieber bis morgen. Auf einen Tag mehr oder weniger kommt es bestimmt nicht an. Oma sieht das bestimmt ein!

Ich nutze lieber die Zeit, um einen neuen Vlogbeitrag aufzunehmen. Immerhin ist das Haus gerade leer, und niemand kann sich über meinen *Krach* beschweren.

Diesmal muss ich nicht lang überlegen, welchen Song ich auswähle.

»Hi, Leute«, sage ich, »wusstet ihr eigentlich, dass es in England sogar ein Ministerium für Einsamkeit gibt? Hab ich neulich im Radio gehört. Vielmehr ist es wohl ein Ministerium *gegen* Einsamkeit. Weil man erkannt hat, dass Einsamkeit richtig krank macht. Betroffen sind sehr viele alte Menschen, aber auch jüngere leiden darunter. Ich finde das traurig. Wäre es nicht schön, wenn sich all diese einsamen Menschen zusammentun und gegenseitig trösten könnten?

Na ja. Krank vor Einsamkeit bin ich nicht. Ich habe meine große Familie, meine Freunde, meine Band – aber manchmal bin ich trotzdem ganz schön allein. Vielmehr fühle ich mich allein. Und unverstanden.

Und dann wieder gibt es Zeiten, in denen bin ich total gern allein. Einsam fühlt man sich wohl nur, wenn man unfreiwillig allein ist, schätze ich mal.

Übrigens gibt es jede Menge Songs über das Thema. Ich hab euch einen ausgewählt, der mir besonders gut gefällt. Es ist *Allein allein* von Polarkreis 18. Viel Spaß!«

Ja, dieser Song passt einfach perfekt.

Ich meine – ist es nicht verrückt, wie einsam und traurig man sich fühlen kann, nachdem man doch gerade erst einen tollen Erfolg gefeiert hat?

Verkehrte Welt, echt!

12

»Double Trouble«

Oder: Dann bin ich eben eine Drama-Queen

Ich werde davon wach, dass an meine Tür gehämmert wird.

»Tessa, Familienfrühstück. Kommst du?« Das ist Mika.

O Mann! Darf man nicht mal sonntags ausschlafen? Wenn es schon gestern wegen des Schulfestes nicht ging.

»Gleich«, rufe ich mürrisch und drehe mich noch einmal auf die andere Seite. So eilig wird es ja wohl nicht sein. Appetit habe ich sowieso noch keinen. Was ungewöhnlich ist, denn normalerweise habe ich morgens einen Bärenhunger.

Vermutlich bin ich einfach zu traurig, um Lust auf irgendwas Schönes zu haben. Wenn man sich innerlich leer fühlt, hilft nicht mal ein Nutellacroissant. Leider.

»Du sollst dich beeilen, Oma und Gunnar kommen auch.«

Na gut. Nur noch ein paar Minuten. Ich blinzele vorsichtig und taste nach meinem Handy. Keine neuen Nachrichten eingegangen. Aber es ist ja auch noch früh … Wobei – echt jetzt? Schon gleich halb elf?

Puh. Dann stehe ich eben doch auf.

Gähnend schwinge ich die Beine aus dem Bett und strecke

mich. Ich muss irgendwie blöd gelegen haben, denn der Nacken tut mir weh. Und der Kopf auch.

Ich schlüpfe in eine Chillhose und ein T-Shirt und beeile mich im Bad. Duschen kann ich auch später noch. Haare kämmen auch. Ich binde meine wirre Mähne zu einem unordentlichen Dutt zusammen. Es gibt Leute, die beim Friseur für exakt diesen Look Unsummen bezahlen. Na ja, so ähnlich jedenfalls. Besonders stylish sehe ich ja nicht aus. Ich strecke meinem Spiegelbild die Zunge raus und schlurfe dann in Richtung Küche, wo sich die ganze Familie um den großen Tisch versammelt hat. Auch Oma Lydia und der Saunamann sind schon da.

»Guten Morgen«, murmele ich und pflanze mich auf den einzigen noch freien Stuhl.

»Hallo, Tessa. Wie schön, dass du uns mit deiner Anwesenheit beehrst«, erwidert Mum.

Huch, wie ist die denn drauf? Sie hört sich ja fast an wie eine strenge Lehrerin. Was sie ja eigentlich auch ist. Bevor sie beschlossen hat, Biogemüse zu züchten, hat Mum nämlich Pädagogik studiert. Das kann sie nun mal nicht verleugnen.

»Ich bin ja jetzt da«, gebe ich zurück und lasse meinen Blick über den reichhaltig gedeckten Tisch schweifen. Es gibt Obstsalat, Vollkornwaffeln, Körnerbrötchen, Honig, mindestens fünf Sorten Marmelade, eine selbst gemachte Nuss-Nugat-Creme, Eier und verschiedene Käsesorten.

Ich gieße mir erst mal einen Tee ein.

Mum mustert mich kritisch. Bevor sie eine Bemerkung

über meinen mangelnden Appetit macht, nehme ich mir ein Schälchen Obstsalat und löffele es im Zeitlupentempo.

Obwohl ich mir Mühe gebe, mich so unauffällig wie möglich zu verhalten, habe ich das Gefühl, unter besonderer Beobachtung zu stehen. Irgendwas ist seltsam heute Morgen.

»Na, Mika, wie war denn dein Kindergartengrillfest?«, fragt Oma. Mein kleiner Bruder sprudelt sofort los. Offenbar gab es Käsewürstchen, die furchtbar lecker waren, und ein Völkerballturnier, bei dem sein Team gewonnen hat. Und beim Eierlaufen mussten die Eltern gegen ihre Kinder antreten.

»Paps musste fünf Mal von vorn anfangen, weil ihm das Ei runtergeplumpst ist«, kichert Mika. »Ich hab *turmhoch* gewonnen.«

»Du meinst wohl haushoch«, verbessert Mum automatisch. Dann wendet sie sich stirnrunzelnd an Paps.

»Ernsthaft, ihr habt mit Lebensmitteln gespielt, die dabei zerstört wurden?«

Bei so etwas versteht Mum keinen Spaß.

»Nein, das waren Plastikbälle«, beruhigt Paps sie und wendet sich an mich. »Und wie war's bei dir auf dem Schulfest, Tessa?«

Auf einmal sind alle Blicke auf mich gerichtet. Mir wird es ein bisschen mulmig zumute.

Das wäre jetzt wohl der richtige Moment, meinen Eltern reinen Wein einzuschenken.

Aber ich schaffe es einfach nicht. Nicht hier und jetzt. Vor der ganzen Familie beim Sonntagsfrühstück will ich nicht darüber reden. Es würde sich falsch anfühlen.

»Hast du denn noch gar nichts erzählt?«, mischt sich jetzt auch Oma Lydia ein. Dabei sollte sie doch auf meiner Seite sein!

Ich fühle mich regelrecht umzingelt. Das ist ja das reinste Verhör …

Ja, ich weiß, ich habe versprochen, alles zu erzählen, sobald der Auftritt vorbei ist. Aber gestern hat es sich einfach nicht ergeben, und jetzt ist auch nicht der richtige Augenblick dafür.

»Och, wie immer eigentlich«, nuschele ich stattdessen und schiebe mir einen Löffel Obstsalat in den Mund. Dabei werfe ich Oma einen flehenden Blick zu. *Bitte verrate mich nicht!*

»Wie immer? Tatsächlich?« Mums Stimme klingt auf einmal ganz merkwürdig. So als könnte sie nicht glauben, was sie da hört, und wäre zugleich wahnsinnig traurig.

O nein. Sie weiß es!

Hat Oma mich etwa doch verraten? Oder war es der Saunamann? Henriette? Levin? Romy? Laurenz?

Im Kopf rattere ich die Liste der möglichen Whistleblower herunter, aber keinem von ihnen traue ich so einen schlimmen Vertrauensbruch zu. Was ist passiert?

Auf einmal höre ich Noels Stimme, wie er *Fix You* von Coldplay singt. Und das Schlagzeug im Hintergrund … das spiele ich.

Erschrocken blicke ich auf. Wo kommt das her?

Mum hält mir ihr Smartphone vor die Nase.

Wer hat uns gefilmt? Wo hat sie dieses Video her?

»Elin hat mir zu dem tollen Auftritt meiner Tochter gratuliert und mich gefragt, warum ich den verpasst habe«, sagt Mum mit gepresster Stimme. »Tja, und das frage ich mich auch. Genauer gesagt wundere ich mich, dass ich nichts davon wusste. Seit wann bist du überhaupt in der Schulband?«

Aha, das war also die undichte Stelle!

Elin ist nicht nur die Mutter von Henriettes bester Freundin Jill, sondern auch die beste Freundin von Mum. Die beiden haben sich im Krankenhaus kennengelernt, als ihre Töchter auf die Welt kamen. Henriette und Jill sind nämlich am selben Tag geboren. Bis vor Kurzem hat Elin ausschließlich als Übersetzerin gearbeitet. Inzwischen gibt sie auch Schwedischkurse und Englisch-Förderunterricht an unserer Schule. Und war wohl auch auf dem Fest.

Dass ich daran nicht gedacht habe …

Bestimmt hat Elin es nicht böse gemeint, als sie Mum das Video geschickt hat. Sie konnte ja nicht ahnen, dass ich so eine Geheimniskrämerin bin.

Aber damit hat sie mir leider die Möglichkeit genommen, es selbst zu erzählen. Jetzt ist die Katze aus dem Sack. *Schöner Mist!*

»Seit ein paar Wochen erst«, beantworte ich Mums Frage nach meiner Bandmitgliedschaft. »Ist doch keine große Sache. Ich meine – ich spiele bloß Schlagzeug. Oder wie du sagen würdest: Ich mache Krach«, füge ich ein bisschen ruppig hinzu.

Ich weiß, es ist blöd. Aber wenn ich mich in die Ecke gedrängt fühle, reagiere ich nun mal meistens so. Ganz nach dem Motto *Angriff ist die beste Verteidigung.*

»Es ist laut, das stimmt«, sagt Mum leise. »Aber dagegen habe ich doch gar nichts. Wenn ich mich nicht gerade auf meine Buchhaltung konzentrieren muss oder Mika einschlafen soll. Ich hätte mich wirklich gefreut, wenn du mir davon erzählt hättest.«

Das wollte ich doch auch. Ehrlich! Aber ich kam ja nicht dazu.

Und warum sind Mum und Paps jetzt nicht sauer auf mich? Fast wäre es mir lieber, sie würden mir Vorwürfe machen. Stattdessen wirken sie einfach nur enttäuscht.

»Ihr hattet doch sowieso keine Zeit«, stoße ich hervor.

»Wir hätten es schon irgendwie möglich gemacht, wenn wir geahnt hätten, dass du auftrittst«, erwidert Paps.

Das gibt mir den Rest: Ich breche in Tränen aus.

»Was ist denn los mit Tessa?«, fragt Mika. »Hat sie sich wehgetan?«

»So ähnlich«, sagt Mum und seufzt. In dem Moment begreife ich, dass es in Wahrheit genau umgekehrt ist: Ich habe meinen Eltern wehgetan. *Das wollte ich nicht, wirklich nicht!*

Doch statt mich zu entschuldigen, springe ich auf und stürme in mein Zimmer. Schluchzend werfe ich mich auf mein Bett und fühle mich schuldig und missverstanden und ungerecht behandelt und wütend und einsam zugleich.

Dooferweise ist die Zimmertür nicht richtig ins Schloss gefallen, sodass die Stimmen aus der Küche noch immer zu mir dringen. Sie sind jetzt lauter geworden.

»Tessa wollte es euch ja erzählen«, sagt Oma Lydia gerade.

»Sie hätte es bestimmt heute getan, wenn Elin ihr mit dem Video nicht zuvorgekommen wäre.«

»Du hast davon gewusst, Mutter?« Mum klingt schrill.

»Ja, das habe ich, Eva. Aber ich halte für gewöhnlich dicht, wenn mich jemand darum bittet«, erwidert Oma.

»Ich kann nicht fassen, dass du das schon wieder tust.« Ich glaube, Mum weint jetzt auch.

»Vielleicht sollten wir uns alle erst einmal wieder beruhigen.« Das ist der Saunamann. Leider hört keiner auf ihn.

»Tatsache ist nun mal, dass unsere Kinder dir eher vertrauen als uns«, seufzt Paps. »Ich frage mich, was wir falsch machen.«

»Ihr macht nichts falsch. Aber manchmal ist es eben leichter, mit jemandem zu reden, der ein bisschen mehr Distanz hat.«

»Als ob du Distanz hättest«, ruft Mum empört.

Herrje. Was habe ich nur angerichtet?

Aus meiner Heimlichtuerei ist ein Eins-a-Familienkrach geworden. Alle machen sich gegenseitig Vorwürfe, und ich bin schuld.

Um nichts mehr davon hören zu müssen, stehe ich auf und schließe die Tür. Dann stecke ich mir meine Kopfhörer in die Ohren und höre *Double Trouble* aus *Harry Potter und der Gefangene von Askaban.*

Denn Double Trouble ist genau das, was ich gerade erlebe. Ärger und Probleme im Doppelpack. Erst die Sache mit Noel. Und jetzt auch noch das …

Doch anders als Harry Potter habe ich keine Zauberkräfte.

Ich wünschte, es wäre so. Einfach mit den Fingern schnipsen oder mit dem Zauberstab wedeln, und schon ist alles wieder gut.

Stattdessen liege ich hier und lasse mich von der geheimnisvollen Melodie des Hogwarts Choir immer tiefer hineinziehen in meinen Kummer.

Nach einer Viertelstunde *Double Trouble* in Dauerschleife gebe ich auf. Die Musik hilft mir heute kein bisschen, im Gegenteil. Ich zerre die Kopfhörer aus den Ohren und feuere sie in die Ecke.

Irgendwie muss ich meine schlechte Laune abreagieren. Unbedingt. Aber jetzt Schlagzeug zu spielen, käme wohl nicht besonders gut an. Das würde alles bloß noch schlimmer machen. Ich will Mum und Paps ja nicht noch weiter provozieren. Schlimm genug, was ich da angerichtet habe.

Am besten, ich gehe einfach eine Runde joggen. Dabei kann ich gut nachdenken und mich vor allem so richtig auspowern!

Gesagt, getan. Ich ziehe meine Laufschuhe an, setze eine Baseballcap auf, stecke mein Handy in die Bauchtasche und schleiche mich zur Hintertür raus. Burki will mit hinausschlüpfen, aber ich besteche ihn mit einem Leckerli, damit er nicht bellt, obwohl er hierbleiben muss. Er kann nicht mehr so weit und so schnell laufen, immerhin ist er inzwischen ein uralter Hundeherr.

Es dauert ein paar Minuten, bis ich meinen Laufrhythmus gefunden habe. Meine letzte Joggingrunde ist schon ein paar

Monate her, aber mein Gehirn findet sofort in den Laufmodus. Ich schalte alles um mich herum aus und konzentriere mich nur auf die Atmung und die Trittfrequenz. Einatmen, ausatmen. Schritt für Schritt. Mein Kopf, in dem meine Probleme vorhin Achterbahn gefahren sind, wird angenehm leicht.

Nach zwei Kilometern kristallisiert sich ein Gedanke heraus: *Ich muss den Mist, den ich gebaut habe, wieder in Ordnung bringen.*

So weit, so gut. Aber wie? Und wie schlimm ist der Schaden überhaupt?

Einen Kilometer weiter bin ich zur Überzeugung gekommen, dass die Sache eigentlich halb so wild ist. Okay, ich habe meinen Eltern die Sache mit der Band verheimlicht. *Eigentlich kein Drama, oder? Beim nächsten Auftritt können sie ja dabei sein.*

Nach weiteren fünfhundert Metern wird mir klar, dass es vielleicht gar keinen nächsten Auftritt gibt. Wegen Noel und dieser verdammten Kuss-Katastrophe.

Wenig später habe ich meinen Wendepunkt erreicht und mache mich auf den Rückweg. Ich beschließe, Noel in Zukunft zu ignorieren. Es muss mir egal sein, was er über mich denkt und was er den anderen erzählt hat. *Seinetwegen werde ich* The Rocking Teens *auf keinen Fall aufgeben!*

Es sind nur noch zwei Kilometer bis nach Hause, und ich fühle mich viel, viel besser als vorhin. Meine Wut ist verraucht, und ich habe eine Art Plan.

In dem Moment beginnt es unterhalb meines Nabels zu vibrieren. Seit wann spürt man den Puls so tief? Ist mir etwa das Herz in die Hose gerutscht, wie Oma manchmal sagt?

Dann kapiere ich, dass es bloß mein Handy ist. Ich ziehe es aus der Bauchtasche hervor und stelle erfreut fest, dass Henriette mich anskypt.

Ich nehme an, und Henriette strahlt mir entgegen. Sie lehnt sich an eine Schiffsreling. Im Hintergrund ist ein Vergnügungspark zu sehen mit Achterbahn und Kettenkarussell, direkt am Ufer – daneben liegen ein paar Kreuzfahrtschiffe im Wasser.

»Hej, lilla syster«, ruft sie mir zu.

Ich kann zwar kein Schwedisch (und Henriette auch nicht – diesen Satz hat ihr garantiert Jill beigebracht), aber es fällt mir nicht schwer, den Sinn zu erraten.

»Hallo, große Schwester«, antworte ich und wische mir den Schweiß von der Stirn.

»Wir sind gerade auf der Fähre nach Djurgården«, informiert mich Henriette. »Das ist eine Insel. Eigentlich besteht Stockholm aus lauter Inseln, und eine ist schöner als die andere.«

»Cool«, antworte ich knapp, weil ich erst mal zu Atem kommen muss.

»Weißt du was? Eines Tages besuchen wir die Stadt gemeinsam. Was hältst du davon? Ich lade dich ein.«

»Klingt toll«, sage ich. Mit Henriette würde ich auch nach Hinterpusemuckel fahren, denn mit ihr wird's nirgendwo langweilig.

»Sag mal, was treibst du da eigentlich?«, will Henriette wissen. »Du siehst aus, als hättest du Sport getrieben!«

Die Art, wie sie *Sport* ausspricht, verrät, wie wenig sie von dieser Art der Freizeitgestaltung hält.

»Ja, ich war laufen. Eigentlich bin ich's immer noch, ich habe nur eine Pause eingelegt.«

»Laufen im Sinne von spazieren gehen?«

»Nein, im Sinne von joggen«, erkläre ich grinsend. Henriettes entsetzter Gesichtsausdruck ist einfach zu komisch.

»Grundgütiger. Haben Oma und Paps dich etwa infiziert?«

»Kann sein.« Sofort muss ich wieder an den blöden Familienstreit von vorhin denken.

»Was ist passiert?« Henriette hat mich mal wieder durchschaut.

»Bisschen Zoff zu Hause«, sage ich, doch damit gibt sich meine Schwester nicht zufrieden. Sie gibt nicht eher Ruhe, bis ich ihr alles erzählt habe. Angefangen von dem ekligen Kuss über den gelungenen Bandauftritt bis hin zu Elins Video.

»Tja, das ist wirklich eine ganz schön verkorkste Situation«, findet Henriette.

»Also, wenn das deine Art sein soll, mich aufzumuntern, dann kann ich dir mitteilen: Sie funktioniert nur so mittelgut. Genauer gesagt gar nicht«, versuche ich, sie zum Lachen zu bringen. Leider vergeblich.

»Mum und Paps sind bestimmt megatraurig, dass du ihnen nicht vertraut hast und sie deinen ersten Auftritt verpasst haben. Das kann ich schon verstehen«, sagt Henriette.

Ich traue meinen Ohren kaum. »Du machst Witze!«

Sie schüttelt den Kopf. »Das ist mein voller Ernst.«

So langsam kehrt die Wut zurück, von der ich eigentlich gedacht habe, ich wäre sie beim Laufen losgeworden. Ein befremdliches Gefühl, denn auf Henriette war ich wirklich noch nie sauer.

»Das sagt ja genau die Richtige«, lege ich los. »Du bist doch die schlimmste Heimlichtuerin von uns allen! Wie viele Wochen hast du dein Blog geheim gehalten? Ach, Moment – es waren ja mehrere Jahre! Tja, weißt du was? Vielleicht war es ein Fehler von mir, dich zum Vorbild zu nehmen.«

Henriette runzelt die Stirn. »Ich war damals noch ein halbes Kind, jetzt bin ich erwachsen. Wäre ja schlimm, wenn ich die Dinge inzwischen nicht ein bisschen anders sehen würde. Im Nachhinein betrachte ich es als Fehler, Mum und Paps so lange angeschwindelt zu haben. Das hat mich damals wahnsinnig belastet.«

»Aber du hast selbst entschieden, wann du es erzählst. Ich wurde geoutet. Das ist ein Riesenunterschied«, beharre ich. Schon wieder fühle ich mich den Tränen nahe. Dass Henriette einmal nicht zu mir hält, gab es noch nie.

»Es war ja auch naiv, zu glauben, das käme nicht raus«, sagt meine große Schwester. »Immerhin trägst du auf der Bühne keine Maske. Jeder kann dich erkennen. Das musste sich ja früher oder später bis zu Mum und Paps herumsprechen. Das war bei mir anders.«

Hat sie mich eben naiv genannt?

»Du behauptest also, ich bin dumm und kindisch?«

»Das habe ich nie gesagt.«

»Was hast du denn gesagt?«

Henriette schweigt. Entweder weil sie selbst nicht mehr so genau weiß, was sie meint, oder weil sie mich für einen hoffnungslosen Fall hält.

»Ich finde, mit zwölf hat man das Recht auf ein paar Geheimnisse«, stoße ich unglücklich hervor. »Schade, dass du das vergessen hast.«

Und dann beende ich das Gespräch.

Von wegen *Double Trouble*. Gibt's keinen Song mit dem Titel Triple Trouble? Oder noch besser: Multi Trouble. So wie es aussieht, bin ich in einer Problemspirale gefangen. Und jeder Versuch, eins davon zu lösen, führt zu mindestens zwei neuen.

Jetzt bin ich auch noch mit meiner Schwester zerstritten. Könnte mich bitte jemand aus diesem Albtraum aufwecken?

13

»With Or Without You«

Oder: Gefühlsachterbahn

»Du solltest endlich aufhören, dir Vorwürfe zu machen. Schließlich hast du nichts Schlimmes getan, Tessa!«

Romy sitzt im Schneidersitz auf dem kühlen Marmorboden und nimmt einen Schluck Eistee direkt aus der Flasche. Draußen herrscht eine Affenhitze, und selbst hier drinnen läuft uns der Schweiß. Aus der Ferne ist ein leises Donnergrollen zu hören. Irgendwo gewittert es schon.

»Ich weiß. Aber es hat schlimme Auswirkungen«, jammere ich und lasse mich theatralisch auf ihren grünen Sitzsack plumpsen. »Mum und Paps sind enttäuscht von mir. Mum ist sauer auf Oma, ich bin sauer auf Henriette. Und das alles bloß, weil ich meinen ersten Bandauftritt geheim halten wollte.«

Romy legt den Kopf schief. »Und warum genau wolltest du das noch gleich?«

Ich stutze. »Keine Ahnung. Ich erinnere mich nicht mehr daran. Auf jeden Fall war es eine saublöde Idee.«

Romy lacht.

»Ich finde das gar nicht lustig!« Der Donner wirkt wie ein

Special Effect, der meine empörte Antwort untermalt. Der Sommerhimmel wird richtig dunkel, dabei ist es gerade mal früher Nachmittag. Ich bin gleich nach der Schule mit zu Romy gegangen. Es gab Sushi – Paps wäre bestimmt voll neidisch.

»Du hast recht, das ist es nicht«, gibt Romy zu, doch ihre Augen blitzen amüsiert. »Höchstens ein winziges bisschen. Ich meine – *wie kann man denn so was vergessen?*«

Ich muss jetzt auch grinsen, trotz allem. Bei dem ganzen Kuddelmuddel, den ich gerade erlebe, ist Romy wirklich der einzige Lichtblick! Ich bin so froh, dass wir uns so gut verstehen.

»Tja, im Vergessen bin ich zurzeit ganz groß. Heute zum Beispiel habe ich mein Handy zu Hause liegen lassen. Das ist mir noch nie passiert. Da siehst du mal, wie verpeilt ich bin.«

»Wie – du hast den ganzen Schultag ohne Handy überlebt? Was, wenn dir *ein gewisser Jemand* aus der Band eine Nachricht geschickt hat?« Romy spricht natürlich von Noel.

Ich ziehe eine Grimasse. »Das wäre nicht weiter tragisch. Ich habe beschlossen, keine Gefühle mehr für ihn zu haben.«

Romy schüttelt so heftig den Kopf, dass ihr Pferdeschwanz hin und her wippt. »Aber so was kann man doch nicht beschließen! Hast du nicht genau aus diesem Grund dein *DrummerQueen*-Vlog gestartet? Weil du es ohne Musik nicht schaffst, deine Gefühle zu kontrollieren?«

»Ja, schon …«, muss ich zugeben. »Aber da ging es mir um allgemeine Stimmungsschwankungen. Du weißt schon, Wut, Traurigkeit und so. Doch nicht um Verliebtheit.«

»Also, ich finde, Verliebtheit ist das Gefühl, das am allerwenigsten zu steuern ist. Du willst einfach so beschließen, nicht mehr auf ihn zu stehen? Das *kann* doch nicht funktionieren.« Romy scheint sich ihrer Sache ziemlich sicher zu sein und bringt mich damit mal wieder ins Zweifeln.

»Es sei denn …«, fügt sie langsam hinzu und bricht dann ab.

»Es sei denn – was?«

»Na ja, vielleicht warst du ja nie wirklich in Noel verliebt. Sondern einfach nur in das Gefühl, verliebt zu sein. Und es hat dir gefallen, dass jemand, der als megacool gilt, möglicherweise auf dich steht.«

Verblüfft starre ich meine Freundin an. »Das klingt ganz schön schräg, weißt du das?«

Sie zuckt mit den Schultern. »Dass es kein Fremdwort für das Wort Fremdwort gibt, klingt auch erst mal schräg, ist aber Tatsache«, gibt sie trocken zurück.

Manchmal hat Romy wirklich eine merkwürdige Logik. Im ersten Moment hört es sich fast einleuchtend an, was sie da sagt, und gleich darauf fragt man sich: *Was in aller Welt soll das beweisen?* Das eine hat mit dem anderen doch nicht das Geringste zu tun!

In diesem Moment passieren mehrere Dinge gleichzeitig: Die ersten Regentropfen prasseln auf die Fensterscheibe, ein krasser Blitz zuckt am Himmel, es donnert – und Romys Mutter reißt die Zimmertür auf. Vermutlich hat sie angeklopft, denn sie würde niemals einfach so hereinplatzen, aber das Getöse hat es übertönt.

»Hallo, ihr beiden«, sagt sie und lächelt sanft. Das tut sie übrigens sogar, wenn sie stinksauer ist, von daher bin ich nicht überrascht. Doch was sie als Nächstes sagt, kommt reichlich unerwartet. »Deine Mutter hat mich eben angerufen, Tessa. Du sollst bitte sofort nach Hause kommen.«

Erschrocken setze ich mich auf. »Aber … warum ruft sie dann bei dir an?«

Tatjana – so heißt Romys Mutter – zieht ihr elegantes Kleid glatt. »Du hast wohl dein Handy vergessen«, erklärt sie dann. »Und es ist ziemlich dringend.«

Während ich mich verwirrt aufrappele und überlege, was so Wichtiges los sein kann, fügt Tatjana noch etwas hinzu – allerdings auf Russisch, sodass nur Romy sie versteht. Das tut sie sonst nie, wenn ich dabei bin, weil sie es für unhöflich hält. Warum macht sie heute eine Ausnahme? Was ist hier nur los? Und warum reißt Romy so überrascht die Augen auf?

»Du solltest dich wirklich beeilen, Tessa!«, treibt mich nun auch meine Freundin an. Sie macht ein geheimnisvolles Gesicht. Manchmal werde ich nicht klug aus ihr.

Zögernd schaue ich aus dem Fenster. »Bei dem Wetter? Es gießt wie aus Eimern. Außerdem sollte man bei Gewitter lieber im Haus bleiben.«

Ja, wirklich – soll ich mich etwa in Gefahr begeben, nur weil Mum plötzlich eine ihrer seltsamen Anwandlungen hat? Bestimmt will sie bloß einen Familienrat abhalten. Das muss wohl warten.

Romy zückt ihr Handy und schaltet die Stoppuhr ein. »Keine

Gefahr«, verkündet sie dann. »Zwischen Blitz und Donner liegen jetzt siebzehn Sekunden. Das sind fast sechs Kilometer! Wenn du dich beeilst, bist du in ein paar Minuten daheim.«

»Aber … dann werde ich ja pitschnass!«, rufe ich empört. »Was soll das jetzt – willst du mich so dringend loswerden?«

»Nein, ich tu dir einen Gefallen, glaub mir. Und Regen ist nicht gefährlich. Schließlich besteht er aus Wasser, nicht aus Salzsäure.«

Das ist mal wieder eine typische Romy-Erkenntnis. Absolut logisch und zugleich total verrückt.

»Kommt nicht infrage«, sagt Tatjana. »Warte, ich hole schnell den Autoschlüssel, dann fahre ich dich heim.«

Spätestens jetzt begreife ich, dass etwas ganz Ungewöhnliches passiert sein muss. Denn das ist eine absolute Premiere. Romys Mutter nimmt nur in Ausnahmefällen einmal das Auto, zum Beispiel, wenn in Berlin alle öffentlichen Verkehrsmittel ausfallen, wenn jemand dringend zum Arzt gebracht werden muss oder … Okay, sonst fällt mir gerade kein Beispiel ein.

Eine Gänsehaut überläuft mich. *Ist zu Hause etwas Schlimmes passiert*? Hatte Mika einen Fahrradunfall? Paps einen Herzinfarkt? Mum einen allergischen Schock? Oma einen Schlaganfall?

Ganz gleich, was es ist – ich will es nicht wissen. Eigentlich. Aber wenn ich es nicht sofort erfahre, werde ich verrückt. Wortlos folge ich Tatjana in Richtung Garage.

»Du musst mir später alles erzählen, hörst du?«, ruft mir Romy hinterher. *Ganz schön makaber.*

Unterwegs kann ich das Kopfkino überhaupt nicht mehr stoppen, und als Tatjana mich wenig später vor unserem Haus rauslässt, bin ich absolut sicher, dass die Probleme, über die ich mich vorhin noch beklagt habe, garantiert ein Witz sind im Vergleich zu dem Drama, das ich gleich erleben werde.

»Danke fürs Heimfahren«, keuche ich, dann stürme ich in Richtung Eingang. Obwohl es nur wenige Schritte sind, werde ich nass bis auf die Haut.

»Was ist passiert?«, rufe ich, noch während ich die Tür aufreiße.

»Du siehst ja aus wie ein begossener Pudel«, lacht mir die Person entgegen, mit der ich am allerwenigsten gerechnet hätte.

»Henriette!« Ich reibe mir die Augen. »Ich dachte, du bist in Stockholm?«

»Ich war dort«, erklärt meine große Schwester. »Der Rückflug ist ausgefallen, und weil ich eh umbuchen musste, habe ich kurzerhand beschlossen, nach Berlin zu fliegen statt nach Dortmund. Ich musste euch einfach sehen. Vor allem dich.«

Bevor sie weitersprechen kann, falle ich ihr um den Hals und drücke ihr fast die Luft ab.

»Ich halte es nicht aus, mit dir zu streiten«, schluchze ich.

»Ich auch nicht«, seufzt Henriette und streichelt mir über die nassen Haare. Dann wirft sie einen Blick auf die Armbanduhr. »In fünf Stunden geht mein Zug. Wir haben also nicht unendlich viel Zeit, aber genug, um ein paar Kaneelbullar zu futtern und zu reden.«

»Kaneelbullar?«

»Schwedische Zimtschnecken«, erklärt Henriette. »Du wirst sie lieben!«

»Ich will auch *Canneloni-Bullen*!«, kräht Mika. Wo kommt der denn her?

»Ich dachte, du bist im Kindergarten«, wundere ich mich.

»War ich auch. Aber Paps hat mich abgeholt, weil es eine Überraschung gibt. Sind es diese *Bullen*?«

Paps, der gerade seine durchweichten Schuhe auszieht, schüttelt grinsend den Kopf. »Unsinn, kleiner Mann. Henriette ist die Überraschung.«

»Henriette? Aber die kenn ich doch schon!«

Mal wieder bringt uns der Zwerg zum Lachen. Es ist fast so, als hätte es nie einen Streit gegeben.

»Mum und Oma decken gerade den Tisch«, erklärt Henriette. »Wir haben fünf Minuten für uns. In dein Zimmer oder in meins?«

»Scherzkeks«, erwidere ich, denn nachdem Henriette ausgezogen ist, habe ich ihr Zimmer übernommen und Mika meins. Levins Zimmer dient zurzeit als Gästezimmer.

Wir setzen uns auf mein Bett. Henriette greift nach meinen Händen und hält sie fest. Dann schaut sie mich direkt an.

»Ich muss mich bei dir entschuldigen, kleine Schwester«, sagt sie. »Ich habe deine Situation nicht ernst genommen. Und du hattest recht: Ich habe wohl vergessen, wie es ist, zwölf zu sein. Dabei habe ich mir selbst einmal geschworen, dass das nie passieren darf! Ich meine – ich bin die Autorin von *Alles, was Mädchen wissen sollten, bevor sie 13 werden.* Sollte ich da nicht mehr Verständnis für dich haben? Und ja, auch für deine Heimlichtuerei. Es stimmt, jeder hat das Recht auf ein paar Geheimnisse.«

Ich kann kaum fassen, was ich da höre.

»Aber … vorgestern hast du noch ganz anders geredet. Was ist passiert?«

Henriette grinst. »Du hast mich ertappt. Es stimmt, ich habe mich da in etwas verrannt. Aber Jill hat mir gehörig den Kopf gewaschen. Du hättest sie hören sollen! Ich wäre eine Heuchlerin, hat sie gesagt, und ich solle mich schämen. Tja, das hab ich dann auch gemacht. Mich geschämt, meine ich. Kannst du mir verzeihen?«

Ich bin es nicht gewohnt, dass mich jemand um Entschuldigung bittet. Normalerweise bin ich diejenige, die Mist gebaut hat und sagen muss, wie leid es ihr tut.

»Ich verzeihe dir«, erkläre ich großzügig. »Wenn du es irgendwie schaffst, dass Mum und Paps mir nicht mehr böse sind. Oder genauer gesagt, dass sie nicht mehr so enttäuscht von mir sind, das ist nämlich noch viel schlimmer. Außerdem sollen Mum und Oma aufhören, miteinander zu zoffen. Schaffst du das?«

»Hey, bin ich etwa die Wunschfee?«, ruft Henriette entsetzt, aber ich kann erkennen, dass das nur gespielt ist.

»So lange, bis hier eine echte Fee auftaucht oder sonst jemand mit einem Zauberstab, nehme ich eben dich.«

Da muss Henriette lachen. »Wozu es unnötig lange spannend machen? Du kannst dich beruhigen – ich habe längst mit ihnen geredet.« Damit habe ich jetzt nicht gerechnet.

»Ernsthaft? Und was haben sie gesagt?«

»Wir haben uns ausführlich ausgesprochen. Die Kurzversion: Alles ist wieder gut. Sie verstehen, was mit dir los war. Dass du einfach nur wahnsinnig aufgeregt vor dem Auftritt warst und sie deshalb nicht dabeihaben wolltest, um nicht noch nervöser zu werden. Und dass die Musik dir so wahnsinnig hilft, mit dem Erwachsenwerden und all seinen Schwierigkeiten besser klarzukommen.«

»Du hast ihnen also auch von *DrummerQueen* erzählt?«

Henriette schüttelt den Kopf. »Nein, das überlasse ich dir.«

Ich bin erleichtert und nehme mir vor, das möglichst bald hinter mich zu bringen.

»Ich glaube, du hattest auch recht«, sage ich. »Geheimnisse zu haben, ist wahnsinnig anstrengend. Ich bin froh, wenn ich nicht mehr aufpassen muss, dass nichts davon herauskommt.«

Dreieinhalb Stunden später sitzen Henriette und ich in der Straßenbahn. Ich lasse es mir nicht nehmen, sie zum Bahnhof zu begleiten.

»Es war toll, dass du da warst«, sage ich.

»Das hast du schon mal erwähnt. Oder warte – ungefähr drölfzig Mal«, grinst Henriette.

»Ich bin einfach nur erleichtert! Es war so schön, dass wir alle am Tisch saßen, ohne zu streiten. Und dass niemand mehr wütend, sauer, beleidigt oder enttäuscht ist.«

»So schön, dass du fünf Zimtschnecken vertilgt hast«, neckt meine Schwester mich.

»Versöhnungsfeiern sind eben appetitfördernd.« Ich reibe mir den übervollen Bauch. »Kann allerdings sein, dass ich es ein bisschen übertrieben habe.«

»Es gibt übrigens noch zwei Sachen, die ich dir erzählen will«, sagt Henriette. »Eine wird dich bestimmt freuen, die andere eher nicht so. Welche willst du zuerst hören?«

»Die gute!«, entscheide ich spontan.

»Na gut. Okay, ich will dir was kaufen. Von meinem Buch-Geld. Alle anderen haben schon was bekommen, nur für dich ist mir noch nicht das Richtige eingefallen. Jetzt habe ich das perfekte Geschenk: ein E-Drumset!«

»Du meinst, ein elektronisches Schlagzeug? Aber warum denn, ich hab doch schon ein echtes.«

»Sagen wir so: weil man bei einem elektronischen Schlagzeug die Lautstärke ganz flexibel hoch- und runterregeln kann. Zum Beispiel, wenn im Nebenzimmer ein kleines Brüderchen schläft und ein Bandauftritt bevorsteht.«

Ich stoße einen begeisterten Schrei aus, sodass sich die Leute in der Bahn zu uns umdrehen.

»Du bist dermaßen genial!«, jubele ich. »So kann ich üben, soviel ich will, ohne jemanden zu stören. Perfekt!«

Ich muss Henriette einfach umarmen und einen fetten Schmatzer auf die Wange drücken.

Dann fällt mir ein, dass sie ja noch eine zweite Neuigkeit hat. Eine, die nicht so schön ist.

»Spuck's aus«, sage ich. »Was ist die schlechte Nachricht?«

»Na ja. Ich war neugierig – auf diesen Noel. Jedenfalls war es nicht sonderlich schwer, ihn auf Instagram zu finden. Und er ist ziemlich nachlässig mit seinen Privatsphäre-Einstellungen – jeder kann seine Beiträge sehen und lesen.«

Mir ist nicht ganz klar, worauf sie hinauswill. Ihrer Miene nach ist es jedenfalls nichts besonders Erfreuliches.

»Und weiter?«, frage ich, obwohl ich alles andere als sicher bin, ob ich die Antwort hören will.

»Ich würde vorschlagen, du siehst es dir selbst an. Am besten ganz in Ruhe, wenn du allein bist.«

Mein Handy liegt noch immer auf dem Bett, als ich nach Hause komme. Ich atme tief durch und entsperre den Bildschirm. Am besten bringe ich es sofort hinter mich!

Doch dann entdecke ich, dass über zwanzig WhatsApp-Nachrichten eingegangen sind. Neugierig klicke ich auf das Icon. Instagram und die Wahrheit über Noel laufen nicht weg.

Alle Nachrichten sind aus der Band-Gruppe. Herr König hat den Anfang gemacht mit seinem Aufruf, Songs für unser neues Repertoire vorzuschlagen. Die anderen Bandmitglieder haben sich schon fleißig beteiligt. Fynn hat *Chasing Cars* von Snow Patrol und *Hollywood Hills* von Sunrise Avenue ins Spiel gebracht, Elias ist für irgendwas von Queen und alles von den Toten Hosen, Linus findet *One More Light* von Linkin Park gut, außerdem *Let Her Go* von Passenger und *Stay With Me* von Sam Smith. Noel hat gegen die meisten Ideen gemosert – ich schätze mal, weil einige der Songs nicht zu seiner Stimme passen und er damit womöglich überfordert wäre. Tsss. Er selbst schlägt nur einen Titel vor, nämlich *Mephisto* von Bushido. Was garantiert niemals ausgewählt wird, weil Noel nicht rappen kann und alle anderen Bushido doof finden.

Und was könnte ich wohl vorschlagen? Puh, erst mal nachdenken.

Nein, falsch: erst mal checken, was Henriette auf Noels Insta-Account entdeckt hat. Schlimmer als ein Bushido-Song kann es ja wohl nicht sein …

Kurz darauf muss ich erkennen, dass das wohl ein schwerer Irrtum war. Noels aktuelles Foto zeigt ihn in enger Umarmung mit einer Blondine aus der Oberstufe. Darunter steht: *In Love with Jessy.*

Der Schmerz trifft mich vollkommen unerwartet. Ich hatte mir doch so fest vorgenommen, Noel zu ignorieren. Das scheint ja super geklappt zu haben.

Warum ist er nur so ein Arsch? Weshalb bin ich ausgerechnet in ihn verknallt? Wieso muss Liebeskummer so furchtbar wehtun? Und warum bin ich die Einzige, die allein ist? Ich meine: Alle haben jemanden. Oma Lydia hat Gunnar. Mum hat Paps. Levin hat Jill – mehr oder weniger, mit Unterbrechungen. Henriette hat Jacob, und das schon, seit sie fünfzehn ist. Romy hat Laurenz. Noel diese Jessy. Und ich?

»Wuff«, macht Burki.

Na klasse.

Der Schmerz verwandelt sich in Wut. Und wieder zurück.

Ich ärgere mich. Über Noel, über diesen blöden Liebeskummer, die ganze Gefühlsachterbahn, die ich ständig durchlebe – und über mich selbst. Weil ich offenbar immer noch auf Noel stehe. Oder glaube, auf ihn zu stehen. Und weil ich den Unterschied nicht kapiere.

Auf jeden Fall ist alles Mist!

Ich greife wieder nach meinem Handy. Schon wieder eine neue Nachricht in der Band-Gruppe. Fynn schlägt *All Of Me* von John Legend vor. Ein toller Song – aber ob Noel das hinkriegt? Wohl eher nicht.

Und jetzt endlich fällt mir auch ein Song ein, auf den ich Lust hätte. Einer, der leider gerade ziemlich gut passt: *With Or Without You* von U2.

Ich stöpsele die Kopfhörer ein und ziehe es mir rein. Immer und immer wieder. Gibt es eigentlich einen traurigeren Song?

14

»Perfect«

Oder: Wie kann man nur so blind sein?

»Nein, du sagst die Bandprobe nicht ab!« Romy stemmt die Hände in die Hüften und macht ein entschlossenes Gesicht.

Ich dagegen lasse den Kopf hängen und bin alles andere als sicher, was ich jetzt tun soll. Okay, ich habe die letzten Schultage ganz gut überstanden, ohne jedes Mal in Tränen auszubrechen, wenn ich Noel sehe, wie er Hand in Hand mit dieser Jessy über den Schulhof läuft, oder mich in Grund und Boden zu schämen, wenn ich an den verunglückten Kuss denke. Wenigstens scheint er den anderen Jungs aus der Band nichts davon erzählt zu haben. Sie benehmen sich mir gegenüber vollkommen normal, aber wir haben uns auch nur kurz gesehen. Fynn ist mir auf dem Flur über den Weg gelaufen, Linus habe ich am Schulkiosk getroffen – er hat mir sogar eine Brezel spendiert –, und Elias ist mir am Fahrradständer begegnet.

Trotzdem schiebe ich jetzt auf einmal Panik. Schaffe ich es, wenn wir nachher im Probenraum alle auf einem Haufen sind, weiterhin die Coole zu spielen? Garantiert nicht!

»Ich glaube, mir ist ein bisschen schlecht. Vielleicht sollte ich lieber heimgehen und mich hinlegen.«

Warum war ich auch so blöd, *With Or Without You* vorzuschlagen? Jetzt weiß jeder, wie es gefühlsmäßig gerade um mich steht …

»Liebeskummer zählt nicht als Krankheit«, behauptet Romy.

»Aber es fühlt sich so an!«

Und das Einzige, was dagegen hilft, ist, mir die Decke über den Kopf zu ziehen und traurige Lieder zu hören. Inzwischen sind mir sogar noch mehr Liebeskummer-Songs eingefallen. Ich habe eine eigene Playlist dafür angelegt. *Everybody Hurts* von REM ist dabei, *Back To Black* von Amy Winehouse natürlich auch, außerdem *Because Of You* von Kelly Clarkson und *Goodbye My Lover* von James Blunt.

»Du kannst ihm nicht ewig aus dem Weg gehen. Wolltest du ihn nicht ignorieren? Scheint ja super zu klappen.«

Ich ziehe eine Grimasse.

»Mal im Ernst«, bohrt Romy weiter, »du kannst dir doch von so einem selbstverliebten Poser nicht dein Hobby vermiesen lassen! Es macht dir doch Spaß, in der Band zu spielen. Dann tu es auch!«

Sie hat ja recht. Aber …

Nein, kein Aber. Sie hat recht. Punkt.

»Na gut«, seufze ich. »Obwohl ich keine Lust habe, ihm zu begegnen. Aber ich bin ja nicht wegen ihm bei *The Rocking Teens*, sondern wegen der Musik.«

»Ich bin stolz auf mich«, sagt Romy und strahlt. Fast könnte man glauben, ich hätte ihr einen Gefallen getan – und nicht sie mir.

Als ich den Probenraum betrete, sind die anderen schon da, einschließlich Herrn König. Alle – bis auf Noel. Ich wage nicht, mich nach ihm zu erkundigen, obwohl es mich natürlich brennend interessiert, wo er steckt. Er wird doch nicht aufhören wollen? Dann müssten wir uns einen neuen Leadsänger suchen. Wobei – vielleicht wäre das die beste Lösung?

»Wir können gleich loslegen«, sagt Herr König. »Noel hat sich für heute entschuldigt – er ist krank.«

Ich bin wahnsinnig erleichtert und hoffe, dass man mir das nicht ansieht. Sich zu freuen, wenn es einem anderen nicht gut geht, ist ja eigentlich ganz schön fies. Trotzdem atme ich auf.

»Krank? Wer's glaubt, wird selig«, murmelt Fynn.

Ich horche auf. Was soll denn das schon wieder heißen?

»Die Krankheit heißt Jessy«, unkt Elias und streicht sich seine seltsame Frisur zurecht.

»Tsss«, mache ich, obwohl ich mich eigentlich zurückhalten wollte. Aber ich bin einfach stinksauer! Das mit Jessy ist zwar keine Überraschung mehr für mich, aber dass Noel deswegen *The Rocking Teens* hängen lässt, finde ich einfach unmöglich!

»Also, was jetzt?«, fragt Elias. »Lassen wir die Probe ausfallen? Ohne Sänger bringt das ja alles nichts.«

»So würde ich das jetzt nicht sagen«, meint Herr König. »Wie wäre es, wenn wir über eure Songvorschläge diskutieren.«

»Aber Noel müsste schon dabei sein«, gibt Fynn zu bedenken. »Die Songs müssen ja auch zu seiner Stimme passen.«

Da hat er natürlich auch wieder recht.

»Na ja, ich könnte es ja mal probieren«, sagt Linus plötzlich und wird ein bisschen rot.

Alle Augen sind auf ihn gerichtet. Was meint er damit?

»Ich hab da einen Song einstudiert, den könnten wir heute üben«, erklärt er und wirkt auf einmal irgendwie schüchtern. Aber auch mutig. Und das gleichzeitig! Ich wusste gar nicht, dass das überhaupt geht.

Herr König wirkt überrascht, ist aber einverstanden. »Na, dann mal los!«

Linus kramt in seinem Rucksack herum. Dann zieht er einen Notenstapel hervor und gibt ihn herum.

Es ist *Perfect* von Ed Sheeran. Ein Liebeslied – na klasse!

Das passt jetzt leider so gar nicht zu meiner Stimmung. Aber ich bin schließlich eine Teamplayerin, also lasse ich mir nichts anmerken.

Wir schauen uns die Noten an, Fynn klimpert ein bisschen vor sich hin, auch Elias probiert die Bassmelodie aus. Ich sehe sofort, dass mir das Stück keine großen Schwierigkeiten bereiten wird. Die Schlagzeugnoten sind easy, und überhaupt ist die Begleitung ziemlich einfach gehalten. Die größten Herausforderungen stellt der Song an den Sänger. Da hat sich Linus ja ganz schön was vorgenommen.

»Seid ihr so weit? Dann lasst es uns einfach mal probieren«, ruft Herr König nach wenigen Minuten. »Traust du dir das auch wirklich zu, Linus? Ich meine – Gesang und Gitarre zugleich? Wenn nicht, übernehme ich dein Instrument.«

»Nein, das geht schon«, sagt Linus leise, aber selbstbewusst. »Ich hab das zu Hause schon geübt.«

Bei den ersten Tönen schon bin ich wie elektrisiert: *I found a love*, singt Linus, und seine Stimme klingt einfach großartig – so klar und gefühlvoll. Viel besser als die von Noel. Wie im Traum spiele ich das Schlagzeug. Bei der Zeile *Well, I found a girl, beautiful and sweet* kribbelt es in meinem Bauch. Bei *Cause we were just kids when we fell in love* spüre ich, dass das für Linus mehr ist als nur irgendein Song.

»Wunderschön«, seufze ich, als der letzte Ton verklungen ist.

»Großes Kino«, lobt auch Herr König. »So gut schaffen das nur ganz wenige Sänger. Du bist ein Riesentalent, weißt du das?«

»Danke«, murmelt Linus und lächelt verlegen.

»Hey, Linus, das klingt fast, als wärst du verliebt«, zieht Elias seinen Kumpel auf.

Keine Ahnung, warum sich die Ameisen in meinem Magen auf einmal wieder bemerkbar machen. Vielleicht, weil ich mein Pausenbrot noch nicht gegessen habe?

»Ja, genau, Linus«, bläst Fynn jetzt in dasselbe Horn. »Du klingst total verknallt.«

Ziemlich fies, ihn so aufzuziehen, finde ich. Also, an seiner Stelle wäre ich jetzt ganz schön sauer.

Doch er wirkt gar nicht böse. Linus ist einfach zu nett. Ja, er ist wahnsinnig nett. Aber nicht auf die Weise, vor der Levin mich gewarnt hat …

Er singt wirklich toll. Und eigentlich ist er ein richtig cooler Typ. Nicht auf so auffällige und angeberische Weise wie Noel, aber wenn man ihn genauer betrachtet, sieht er sogar besser aus als Noel. Tja, und genau das mache ich: Ich betrachte ihn genauer. Um nicht zu sagen, ich starre ihn an.

»Na ja, wenn das so ist, dann liegt das wohl daran, dass es stimmt«, sagt Linus. Und dann lächelt er mich auf eine Weise an, die man echt nicht missverstehen kann.

Eigentlich. Doch ich stehe noch auf dem Schlauch.

»Linus ist verknallt, ich wusste es«, stellt Elias zufrieden fest. So als hätte er eine superschwierige Quizfrage ohne Joker richtig beantwortet.

Aha. Linus ist also verliebt. Aber in wen? Und warum wendet er seinen Blick einfach nicht von mir ab?

Mein Herz schlägt schneller, als ich es mit meinen Drumsticks jemals könnte. Es scheint früher als mein Gehirn zu begreifen, was hier los ist.

Dann endlich fällt der Groschen.

Er meint mich!

Wie konnte ich nur so blind sein? Jetzt wird mir alles klar: warum Linus neulich so stinkig auf Noel war. Daran waren sicher nicht nur seine Texthänger schuld. Dann die Sache mit dem frisch gewaschenen und gebügelten Band-T-Shirt. Das hat er wohl doch nicht nur aus lauter Gutmütigkeit mitgebracht. Auf einmal fallen mir noch weitere Kleinigkeiten ein.

Die Brezel, die er mir spendiert hat. Die Tatsache, dass er ständig rot wird, wenn er mich ansieht. Und die Bemerkung zum Stichwort L-Virus. Ja, jetzt kapiere ich, was das bedeuten sollte: L wie Love.

Kann das wirklich wahr sein? Soll das etwa wirklich bedeuten, dass Linus mich von Anfang an toll fand – während ich erst einmal auf diesen Blender Noel reingefallen bin?

»Ähm …«, mache ich, weil ich einfach nicht weiß, was ich sonst sagen soll. Ich meine – *wie reagiert man vor einer fast kompletten Band auf eine Liebeserklärung?*

In diesem Moment wird die Tür aufgerissen, und Noel kommt hereinstolziert.

»Hey, Leute. Sorry, ich wurde noch aufgehalten. Wir können jetzt loslegen«, verkündet er großspurig. Offenbar erkennt er gar nicht, dass wir bereits mitten in der Probe sind. Vermutlich kann er sich nicht einmal im Traum vorstellen, die Band könnte ohne seine Stimme funktionieren.

»Ich dachte, du bist krank«, pflaumt ihn Elias an.

»War nicht so schlimm«, gibt Noel flapsig zurück. »Wie steht's mit der Bushido-Nummer?«

»Also, Noel, ich denke nicht, dass die infrage kommt«, sagt Herr König. »Wir haben uns bereits für einen anderen Song entschieden, nämlich *Perfect.*«

»Ernsthaft? Diese Schnulze? So was singe ich nicht.«

Ich verdrehe die Augen. Wie konnte ich nur auf so einen Idioten stehen? Von wegen Schnulze – *Perfect* ist eins der schönsten Liebeslieder, die ich kenne. Aber nicht einfach zu singen.

Ich glaube kaum, dass Noel das hinbekäme. Und wenn, dann längst nicht so gut wie Linus. Ich schaue hinüber zu ihm. Unsere Blicke treffen sich. Es fühlt sich an wie ein Stromschlag.

Herr König steht auf. »Leute, ich würde sagen, wir machen eine kurze Pause«, erklärt er. »Beziehungsweise *ihr* macht eine Pause, und ich unterhalte mich kurz mit Noel.«

»Glaubt ihr, er feuert ihn?«, fragt Fynn, als wir draußen sind.

»Kann ich mir nicht vorstellen. Er wird ihm höchstens mitteilen, dass er in Zukunft pünktlich sein soll. Und dass er nicht mehr unser alleiniger Leadsänger ist. Wenn ihm das nicht passt, ist das seine Sache. Wir kommen notfalls auch ohne Mister Fantastic klar«, erwidert Elias.

Dann dreht er sich zu Linus und mir um und grinst. »Vielleicht sollten wir euch mal einen Moment allein lassen? Kommst du mit nach draußen, Fynn?«

Und schon sind sie weg.

»Ganz schön heiß heute«, sage ich und könnte mich sofort selbst ohrfeigen. *Einfallsloser geht's ja wohl nicht!* Da singt Linus einen großartigen Lovesong für mich, und ich rede übers Wetter.

»Ja, voll heiß«, erwidert Linus und lächelt. Er hat ein extrem süßes Lächeln. »Übrigens – meine Einladung zu einer Cola steht noch«, fügt er hinzu und deutet auf den Getränkeautomaten, vor dem wir gerade stehen.

»Das … das war also keine Einladung aus Mitleid?«, frage ich, nur zur Sicherheit.

»Aus Mitleid?« Linus kann es kaum fassen. »Du dachtest, ich würde dich bemitleiden? Aber warum denn das?«

Weil der blöde Noel mich abserviert hat. Weil ich so doof war, mich von ihm küssen zu lassen – und zu ungeschickt, das richtig hinzukriegen.

Das sage ich natürlich nicht. Und weil mir keine bessere Antwort einfällt, lächele ich nur.

Linus wirft ein paar Münzen in den Automaten und zieht uns zwei Flaschen Cola. Als er mir eine davon reicht und sich unsere Hände kurz berühren, macht mein Herz einen kleinen Hüpfer.

Ich drehe den Verschluss auf, es zischt.

Er macht es mir nach, wir zischen jetzt im Duett.

»Du singst übrigens supergut«, sage ich, bevor ich einen Schluck nehme.

»Danke. Du aber auch.«

»Ich? Woher willst du das denn wissen?«

»Du singst doch im Background mit. Mir ist sofort aufgefallen, wie toll das klingt«, erklärt er und macht einen Schritt auf mich zu. Mir wird schwindelig, als er mir eine störrische Haarsträhne hinters Ohr streicht.

»Ich hatte heute Morgen keine Zeit für das Glätteisen«, erkläre ich.

»Ich mag deine Haare so, wie sie sind.«

Er steht auf einmal ganz dicht vor mir. Ich lehne mich an den Getränkeautomaten, der herrlich kühl ist. In mir drin ist gar nichts kühl.

»Ich glaube, ich würde dich jetzt gern küssen«, flüstert Linus. »Darf ich?«

»Du musst sogar«, kann ich gerade noch erwidern, bevor unsere Lippen sich berühren und ich alles um mich herum vergesse.

Dachte ich neulich noch, Küssen wäre doof?

Ich muss mich korrigieren: Es ist einfach wunderbar. Linus ist wunderbar. Und überhaupt das ganze Leben!

Leseprobe aus:
»Fjella – Ein Pferd wie Karamell und Gold«

Erscheint im November 2020
ISBN 978-3-8415-0642-9

Fjella
Ein Pferd wie Karamell
und Gold
Alexandra
Link

Kapitel 1

Das Gebell von Aska mischte sich in meine Träume und weckte mich auf. Als ich mich umdrehte, rutschte mein Buch von der Bettdecke auf den Boden.

»Mist«, murmelte ich, beugte mich über die Bettkante und versuchte, den zerknickten Buchdeckel einigermaßen in Form zu bringen, wenigstens so, dass man den wunderschönen schwarzen Hengst, der darauf abgebildet war, wieder erkennen konnte.

Ich hatte so schön geträumt: von einer weiten, hügeligen Landschaft im Winter und einem eigenen Pferd, genauer gesagt, einem Friesen mit glänzend schwarzem Fell und klugen Augen. Mit ihm war ich gerade über den Schnee galoppiert …

Seufzend rollte ich mich aus dem Bett und lehnte mich aus dem Fenster. Aska stand unten auf dem Hof, hatte die buschigen Ohren zurückgelegt und bellte immer noch. Normalerweise jaulte sie mehr, als dass sie bellte, was nicht ungewöhnlich war, denn ihre Mutter war ein Husky und ihr Vater ein rumänischer Wolf.

»Aska, still jetzt!«, rief Katy. Unsere Hausmutter beugte sich hinunter und strich der Hündin über das gesträubte Nackenfell.

Auf dem Hof parkte ein schwarzes Auto, groß wie ein Müllcontainer, mit einem Pferdeanhänger dran.

»Was ist denn hier los?«, rief ich Katy zu, die inzwischen neben Aska auf der Hundedecke kniete.

»Das wirst du schon noch sehen, du Neugiernase«, rief Katy zu mir rauf und grinste mich geheimnisvoll an.

Katy kümmert sich auf unserem Hof um den Haushalt und das Essen, während Tom, mein Papa, sich mit den Kindern beschäftigt, die hier ihre Ferien mit unseren zehn Huskys verbringen.

Mein Papa wollte schon als Kind mit Huskys arbeiten. Irgendwann hatte er die Idee, Kindern die Möglichkeit zu geben, Ferien auf einem Huskyhof zu machen. Als Tom dann merkte, dass es gerade auch kranken Kindern guttat, mit den Hunden zusammen zu sein, und viele von ihnen durch den Kontakt mit den Tieren wieder gesund wurden, hatte mein Papa seine Bestimmung gefunden. So nennt er es jedenfalls: seine Bestimmung.

Die Zeit mit den Hunden gefällt den meisten Kindern richtig gut. Und den Hunden macht es auch Spaß, mit den Kindern spazieren zu gehen und mit ihnen zu schmusen.

Ich will so etwas später mal mit Pferden machen, obwohl ich unsere Hunde auch sehr liebe. Vor allem Aska, die Wolfshündin mit ihrem fuchsroten Fell und den türkisfarbenen Augen.

Meine Mama Jorunn liebt Hunde und Pferde, genau wie ich. Leider lebt sie nicht bei uns, sondern in Schweden, wo sie geboren wurde.

Es ist zum Ausflippen: Mama kann nicht mit so vielen hohen Bergen um sich herum leben, und Papa nicht ohne die vielen hohen Berge um sich herum. So kommt es, dass Jorunn in Schweden ebenfalls in einem Huskydorf mit kranken Kindern arbeitet, und Tom eben hier. Irgendwann habe ich mich daran gewöhnt, dass wir nur dreimal im Jahr eine richtige Familie sind, wenn mein Papa mit meinem Bruder und mir Jorunn besucht oder sie uns.

Diesen Sommer würde Mama zu uns kommen. Das hatte sie mir versprochen.

Ich starrte neugierig auf den Pferdeanhänger. Was wollte der denn auf unserem Hof? Seit Wochen schon hatte mir Tom verboten, zum alten Stall zu gehen, der hinter unserem Haus lag, weil er dort eine Überraschung für mich bastelte. Ich Blödmann hatte nicht einmal versucht, durch die Schlitze der alten Brettertür zu linsen, die Papa vor den Eingang gestellt hatte. Das bereute ich jetzt. Es würde doch nicht etwa ein Pferd auf unserem Hof einziehen?

»Jetzt aber schnell, Lina, du alte Schnarchtröte«, rief ich meinem Spiegel zu, aus dem mir ein dreizehnjähriges Wesen mit hellblauen verschlafenen Augen und wirren dunkelroten Haaren entgegenstarrte. Ich wurschtelte mich in meine Jeans und mein T-Shirt und schlüpfte in meine Flipflops.

Unsere Holztreppe knarzte, als ich mit einem Affenzahn hinunterlief. Ich flitzte durch die Diele, vorbei an unserem Wohn- und Esszimmer, in dem mein großer Bruder sich gerade sein Frühstück machte.

»Guten Morgen«, rief ich, aber Theo brummte nur etwas, das ich nicht verstand. Egal! Ich war viel zu neugierig, was draußen auf dem Hof los war, um mich dafür zu interessieren, was er heute wieder für ein Problem mit mir hatte. Entweder Theo tat so, als sei ich aus Luft, oder er piesackte mich, weil ich angeblich etwas falsch gemacht hatte.

Auf dem Hof schien die Sonne hell und warm in mein Gesicht. Ich bremste von hundert auf fast null ab, blinzelte kurz und lief erst mal zu Katy und Aska. Aska stupste mich mit der Schnauze an, und ich stupste zurück. Das machten wir immer so. Doch als ich dann zum Stall rennen wollte, hielt Katy mich zurück: »Langsam, Lina, langsam, erst füttern wir die Hunde! Tom sagt, er ruft dich, wenn du zum Stall kommen darfst.« Ich seufzte, wollte widersprechen, schnappte mir dann aber einen Eimer aus dem Schuppen und füllte ihn mit Gemüseflocken.

»Bin gleich wieder da«, rief Katy und verschwand im Haus. Sie kam mit einer Waschschüssel voll Fleisch und Knochen zurück. Wir fütterten die Hunde, die auf dem zweiten, kleineren Hof neben dem Haus ein Gehege hatten. Endlich hörte ich Toms Stimme.

»Lina ... wo ist denn mein Mäuschen?« Wie peinlich! Gott sei Dank waren noch keine anderen Kinder auf dem Hof, die ihn hätten hören können. Die Feriengäste sollten erst morgen am späten Nachmittag ankommen.

Ich rannte um unser Haus herum, auf den kleinen Weg zwischen den Wiesen zum Stall. Dort stand mein Papa mit einem fremden, alten Mann.

»Lina, ich möchte dir Herrn Zázrak vorstellen. Er hat eine Überraschung für dich.« Der Fremde starrte mich an.

Obwohl ich sonst nicht schüchtern bin, brachte ich nur ein geflüstertes »Guten Morgen« heraus.

Herr Zázrak sagte: »Naa, Lina, dann schau mal in den Stall …«

Wenn Herr Zázrak mir erzählt hätte, dass ich bei einem Zirkusprojekt mitmachen müsste und die nächsten zwei Wochen als Primaballerina verkleidet am Trapez herumschlingern sollte, ich hätte es ihm wohl eher geglaubt als das, was mich jetzt erwartete.

Ich sah meinem Papa ins Gesicht, und mir fiel auf, dass er ganz feuchte Augen hatte. Die alte Stalltür, die vor dem Eingang gestanden hatte, war weg, stattdessen hatte Papa eine neue Tür angeschraubt. Eine Pferdestalltür, die man entweder ganz aufmachen konnte oder nur den oberen Teil.

Ich öffnete sie vorsichtig, weil Herr Zázrak »Pssst« sagte, und ging hinein.

Im Stall stand ein junges Pferd und blickte mich mit honigfarbenen Augen an. Seine Mähne fiel ihm hell und lockig über den Hals.

Ich atmete tief ein und tat einen kleinen Schritt nach vorne. Das Pferd beobachtete mich weiter, und ich sah, dass seine Augen nicht nur honigfarben waren, sondern in der Mitte, um die ovalen Pupillen herum, glitzerten. Als hätte man ihm Goldstaub in die Augen gepustet …

Ich hatte schon seit fünf Jahren in Marias Reitschule im

Dorf Unterricht, aber niemals hatte mich ein Pferd so direkt und so lange angeschaut wie dieses, ganz ohne den Kopf wegzudrehen. Wie in Zuckerwatte gepackt stand ich da und starrte in die Goldstaubaugen. Die Stimmen von Tom und dem alten Mann vermischten sich zu einem brummigen Singsang im Hintergrund. Ich hörte nicht, was sie sagten, ich wollte nur noch das Ferienpferd streicheln – denn etwas anderes konnte es ja nicht sein, oder?

Ferienkinder gab es ja ständig hier auf dem Hof, und jetzt eben auch ein Ferienpferd, um das ich mich kümmern durfte …

»Das ist Fjella! Gefällt sie dir?« Mein Vater stand plötzlich neben mir.

»Wie lange bleibt sie?«, fragte ich.

Papa gab mir eine Kopfnuss, dann flüsterte er mir ins Ohr: »Normalerweise kapierst du schneller!« Er grinste. »Für immer, Linchen-Trinchen, für immer. Fjella ist ab heute *dein* Pferd. Sie ist noch sehr jung, du wirst viel Hilfe mit ihr brauchen, aber gemeinsam kriegen wir das schon hin.« In diesem Moment vergab ich ihm die Millionen peinlicher Spitznamen. Von mir aus konnte er mich noch in zwanzig Jahren *Linchen-Trinchen* nennen. Väter, die ihren Töchtern ein Pferd schenkten, durften auch *Mäuschen* quer über den Hof brüllen, selbst wenn hundert Kinder schon ihre Zimmer bezogen hatten!

»Meins?«, flüsterte ich und hatte das Gefühl, jemand würde literweise lauwarmen, duftenden Vanillepudding über mir ausgießen.

»Deins«, lächelte mein Papa. »Wir lassen euch jetzt mal alleine.« Ich nickte.

Herr Zázrak verabschiedete sich von mir und drückte meine Hand. Ich nahm alles nur noch verschwommen wahr und nuschelte ein leises »Tschüss und danke«. Papa würde mir sicher später erzählen, wer dieser Mann war und wo Fjella herkam.

Es wurde still. Bloß die Spatzen, die oben im Gebälk saßen und uns beobachteten, piepten durcheinander. Fjella schnaubte und schüttelte ihre herrliche lockige Mähne. Jetzt traute ich mich, sie anzufassen. Ihr hellbraunes Fell, das mich an Karamellbonbons erinnerte, war so weich wie das Fell an Askas Bauch. Ich streichelte sie über den Rücken, ihre zarten Flanken und immer wieder über den Hals.

»Du bist jetzt meine Fjella?« Als ob sie mich verstanden hatte, stupste sie mich an und schob ihre flaumigen Nüstern in meine Hände. Sie drehte ihre Ohren, als ob sie mir zuhören würde.

»Das muss ein Traum sein«, flüsterte ich. Ich streichelte Fjella, erzählte ihr, dass ich das alles nicht glauben konnte, bis Papa irgendwann später wieder neben mir stand, um mich zum Mittagessen zu holen. Ich hatte die Zeit vergessen, wahrscheinlich hätte ich mich nicht einmal mehr an mein Geburtsdatum erinnert, wenn mich jemand gefragt hätte.

»Fjella braucht eine Koppel«, sagte ich, und immer noch hörte ich meine Stimme wie aus der Ferne. »Das ist kein Traum, oder?« Papa lachte.

»Nein. Komm erst mal ins Haus, dann erzähle ich dir, wie ich zu Fjella gekommen bin. Die Zäune und das Gatter für die Koppel sind unterwegs. Morgen wird alles aufgebaut. Theo hat versprochen, das mit ein paar Freunden zu machen. Wir setzen die Zäune am besten direkt vor den Stall auf die Wiese, was denkst du?« Ich nickte begeistert.

»Prima, da hat sie Sonne und genug Platz zum Herumspringen!« Mein Herz tat auch einen Sprung, und Papa drückte mich fest an sich.

»Ich habe Maria gefragt, ob sie dir in den nächsten Jahren hilft, Fjella einzugewöhnen und sie zu einem guten Reitpferd zu erziehen. Alleine kannst du das nicht machen, aber wir sind alle da und unterstützen dich. Später kann Fjella auch mit Marias Pferden zusammen auf der Koppel stehen, damit sie nicht immer alleine ist. Pferde sind Herdentiere, das weißt du ja.«

Kapitel 2

Am nächsten Morgen raste unser Schulbus, den wir den »Kurven-Karl«, nannten, die Serpentinenstraßen hinunter ins Dorf, um mich und die anderen Kinder von den umliegenden Hügeln in die Schule zu bringen. Kurven-Karl war ein alter Reisebus, der jetzt als Schulbus diente. Seine Sitze waren mit Filzstift vollgekritzelt, und überall war das Kunstleder kaputt, sodass der Schaumstoff an manchen Stellen herausquoll. Es gab ein Klo in der Mitte des Busses, das jedoch niemand mehr benutzte.

Noch drei Tage Unterricht, und dann – endlich Sommerferien! Ich rutschte unruhig auf dem Sitz herum. Beinahe wäre mir mein Handy aus dem Rucksack gefallen. Ich hatte es gestern, an dem Tag, der sich wie alle bisherigen Weihnachtsfeste und Geburtstage zusammen angefühlt hatte, ungefähr zwanzig Mal in der Hand gehabt, weil ich meiner besten Freundin Svenja schreiben wollte. Aber immer hatte ich es wieder weggelegt, weil mein Pferd zu unfassbar-wunderbar war, um es in eine Kurznachricht zu quetschen.

Am Ende hatte ich es dann doch nicht ausgehalten und Svenja geschrieben. Ich hatte ihr ein Foto von Fjella geschickt und ihr in einer Sprachnachricht erzählt, was passiert war. Als Svenja hartnäckig nicht zurückschrieb – normalerweise dauert es höchstens zwanzig Sekunden, bis sie reagiert, selbst wenn sie auf dem Klo sitzt –, rief ich sie auf dem Festnetz an. Nur für den Fall, dass ihr Handy im Eimer war. So oft, wie sie das Ding fallen ließ, hätte das durchaus der Grund sein können. Aber auch da ging niemand dran. Es war wie verhext: Ausgerechnet an diesem besonderen Tag konnte ich meine beste Freundin nicht erreichen!

Also hatte ich wohl oder übel beschlossen, zu warten, bis der Kurven-Karl mich mit quietschenden Reifen vor der Schule absetzen würde und ich Svenja endlich von Fjella erzählen konnte.

Ich drückte ungeduldig die alten Bustüren auf, rannte in die Schule, die Treppen hoch, um die Ecke und direkt in unser Klassenzimmer hinein. Svenja war immer schon früher da als ich.

Immer.

Außer heute.

Janina, die jeden Morgen so aussah, als ob sie in der letzten Nacht keine zehn Sekunden geschlafen hätte, kam in die Klasse geschlurft und setzte sich auf ihren Platz, ohne mich zu grüßen. Das war leider keine Ausnahme: Die meisten Mädchen in unserer Klasse übersahen mich öfter mal. Sie redeten ausschließlich über Jungs, Klamotten und Nagellack. Das war, zugegeben, alles nicht verkehrt, aber keine von ihnen interessierte sich für Pferde – und das war das Problem. Zum Glück hatte ich Svenja. Sie war meine einzige wirkliche Freundin.

In der Grundschule war das anders gewesen. Viele Kinder hatten damals auch Reitunterricht gehabt, aber die meisten von ihnen waren aufs Internat in die Stadt gegangen. Fast alle, außer mir und Svenja. Ich wollte nicht weg von meinem Papa, von unseren Hunden und irgendwie auch nicht von Katy.

»Hallo Janina, hast du Svenja gesehen?«, fragte ich.

»Nö«, murmelte Janina und tippte auf ihrem Handy rum.

Ich flitzte noch einmal zurück auf den Flur. Vor dem Klassenzimmer, neben den Spinden, hockte Svenja und weinte.

»Hey, was ist denn los?«, rief ich und setzte mich neben sie. Wie hatte ich nur an ihr vorbeilaufen können?

»Mama ist so eine blöde Kuh!«

»Seit wann denn das?«

»Seit gestern«, schluchzte Svenja und presste ihre Stirn auf die angezogenen Knie.

»Hat sie dein Handy ins Klo geschmissen?« Das war vielleicht der Grund, warum Svenja mir gestern nicht zurückgeschrieben hatte. Svenja schüttelte den Kopf.

»Mama behauptet, sie hätte eine bessere Arbeit gefunden. Wir ziehen nach Kiel! Lina, kannst du dir das vorstellen? Nach Kiel!« Sie schniefte. Ich wusste nicht, was ich sagen sollte. Es war, als tröpfelte diese giftige Nachricht erst nach und nach in meinen Kopf, bis er sich dunkel und schwer anfühlte.

Mein Hirn weigerte sich, zu verstehen, was Svenja mir gerade gesagt hatte. Meine Freundin wischte sich die Tränen mit dem Handrücken vom Gesicht, und ich drückte ihr ein Taschentuch in die Hand.

»Nach Kiel«, wiederholte ich langsam. Das war ein schlechter Traum, hoffentlich.

»Das Schlimmste ist, dass sie es schon seit drei Wochen weiß und mir erst kurz vor den Sommerferien Bescheid sagt. Damit ich mich nicht so aufrege!« Sie äffte ihre Mutter nach: »*Glaub mir, Svenja, in Kiel gibt es sicher auch ein nettes Mädchen, mit dem du dich anfreunden kannst.*«

Bei dem Gedanken, dass Svenja eine neue beste Freundin finden könnte, krabbelte brennende Eifersucht in mir hoch. »Jetzt finde ich auch, dass sie eine blöde Kuh ist!«, grummelte ich.

»Wir skypen jeden Tag, versprochen? Morgens vor der Schule, nach der Schule und wenn wir ins Bett gehen?«, fragte Svenja mit zitternder Stimme.

»Klar«, murmelte ich. Svenja versuchte, etwas zu sagen, aber plötzlich rollten ihr noch ungefähr zehntausend Tränen aus den Augen. Auch ich brachte kein Wort hervor. Meine Spucke schmeckte wie Rost zwischen meinen Zähnen.

Kiel! Norddeutschland! Weiter weg von unseren Bergen ging's echt nicht mehr.

Ein Schweißtropfen kullerte mir den Nacken herunter, und ich kramte in meiner Hosentasche nach einem Haargummi, um meine Locken zusammenzubinden.

»Wie lange seid ihr denn dann noch hier?«

Eigentlich wollte ich die Antwort gar nicht hören, aber Svenja schniefte: »Ein paar Tage vielleicht. Mama hat fast alles schon hinter meinem Rücken geplant. Sie behauptet, dass sie sich ganz schnell entscheiden musste, aber das glaube ich ihr nicht.« Sie wischte sich die Tränen an ihrem T-Shirt ab.

Wir drückten uns, und jetzt weinte ich auch. »Kommst du heute dann wenigstens noch zu mir? Direkt nach der Schule?«

Svenja schüttelte den Kopf. Ihre dünnen blonden Haare standen nach allen Seiten ab.

»Mama will, dass ich meine Sachen packe.«

Ich hätte sie gerne gefragt, ob sie seit gestern schon auf ihr Handy geschaut hatte, aber mein Hals fühlte sich zu eng an. Es wollten keine Worte mehr durch.

Unser Lehrer kam um die Ecke, wie immer zu spät, und der Schulmorgen wurde öde und traurig.

Als ich schließlich mittags wieder im Kurven-Karl saß und an Fjella dachte, tröstete mich das ein wenig. Ich hoffte, dass Svenja in den Ferien oft zu uns kommen durfte. Wie sollte ich es ohne sie nur aushalten?

Auf dem Hof kamen mir Theo und der Tierarzt entgegen. Eigentlich behandelte Doktor Scheuch unsere Hunde, wenn sie krank waren oder geimpft werden mussten, aber ich wusste, dass er auch ein Pferdearzt war und die Pferde in meiner Reitschule betreute.

»Na, dann wollen wir mal«, sagte der Doktor zu meinem Bruder. Theo studierte Tiermedizin und arbeitete in den Semesterferien häufig in der Praxis von Doktor Scheuch. Die beiden grinsten mir kurz zu und gingen in Richtung Pferdestall.

»Theo? Was macht ihr?«

Theo drehte sich um, hob die Augenbrauen und antwortete: »Die Ankaufsuntersuchung! Die hätte man natürlich schon vor dem Kauf machen sollen. Papa konnte mir aber weder sagen, woher das Pferd kommt, noch, ob es untersucht ist.«

Der Doktor mischte sich ein: »Wenn es aus dem Ausland gekommen ist, müssten ja Papiere existieren. Das Pferd müsste gechippt sein und ein Attest haben, das nicht älter als zehn Tage ist.« Mein Bruder schüttelte den Kopf.

»Nein, es hat weder einen Pass noch einen Chip oder ein Attest. Wer weiß, von welchem Hof der alte Herr – wie hieß er noch mal? Zack-Zazrek? – es geklaut hat …«

Doktor Scheuch lachte, und Theo grinste breit – und blöd, wie ich fand.

Ich ging auf die beiden zu.

»Herr Zázrak hat Fjella sicher nirgendwo geklaut, der war sehr nett!«

Theo rollte mit den Augen.

»Oh Lina, seine Nettigkeit nützt uns gerade gar nichts. Papa hat uns gebeten, das Tier zu untersuchen«, sein Tonfall wurde immer hochnäsiger, »und genau das tun wir jetzt. Du solltest dich lieber dafür interessieren, ob dein Pferd gesund ist. Ich finde sowieso, dass es Unsinn ist, einer Dreizehnjährigen ein so junges Pferd zu schenken. Weißt du überhaupt, was es bedeutet, einen Jährling zu erziehen? Das ist doch eine Schnapsidee. Das schaffst du nie!«

Die Wut kochte mir plötzlich bis unter die Augenbrauen.

Mit Tom und Maria, meiner Reitlehrerin, würde ich das schon schaffen – und bis ich Fjella auf das Reiten vorbereiten konnte, würde ich mindestens sechzehn sein.

»Wenn der Doktor in der Nähe ist, bist du noch unausstehlicher als sonst. Hier geht es gerade um *mein* Pferd, oder?«, zischte ich. Ich schleuderte meinen Rucksack auf die kleine Holzbank neben unserer Haustür und stürzte hinter den beiden her. Doktor Scheuch warf mir einen skeptischen Blick zu und wandte sich dann wieder an Theo:

»Warum hat dein Vater denn nicht darauf bestanden, dass dieser fremde Herr schon mit einer Ankaufsuntersuchung hierherkommt?« Mein Bruder zuckte nur mit den Schultern. Der Doktor schüttelte den Kopf.

Ich wusste, was eine Ankaufsuntersuchung war: Wenn man ein Pferd kaufen will, muss man wissen, ob es auch gesund ist. Also checkt der Tierarzt die Organe des Pferdes, prüft, ob es in allen Gangarten gut läuft, und untersucht die Hufe und die Zähne. Das passiert meist vor dem Kauf eines Pferdes.

»Herr Lundin hat mir gar nicht erzählt, wer dieser Mann ist, von dem er das Pferd hat.« Der Doktor strich sich mit den Fingern über seine gegelten Haare und blieb vor der Stalltür stehen. Er schaute so angestrengt, als ob er in seinem Kopf nach einer Erinnerung suchte, die in seinen Hirnwindungen verloren gegangen war … wie eine alte Socke in der Waschmaschine.

»Ich habe auch nicht begriffen, warum er nicht ein Pferd unten vom Grünmacher Hof geholt hat.« Theo schüttelte den Kopf, und ich ärgerte mich, dass ich ausgerechnet jetzt auch nicht mehr wusste als die beiden. Ich wollte Papa so viele Dinge fragen. Aber gestern, nachdem er mich zum Mittagessen gerufen hatte, war er direkt ins Dorf gefahren, um vor der Ankunft der Ferienkinder noch ein paar Dinge zu erledigen. Und am Abend, nachdem ich die Box ausgemistet, Fjella frisches Heu gegeben und sie gründlich geputzt hatte, war es zu spät gewesen.

»Wo ist Papa denn? Dann können wir ihn fragen«, mischte ich mich ein, aber Theo und Doktor Scheuch ignorierten mich. Mir wäre es lieber gewesen, wenn Tom bei der Untersuchung dabei gewesen wäre. Doktor Scheuch hatte mich nie besonders beachtet, aber das war mir egal, solange er nur die Huskys gut versorgte. Doch da war ich mir nicht so sicher. Anouk, eines unserer wilderen Weibchen, hatte mal eine Kralle von einer Wildkatze im Auge, und der Doktor rettete ihr das Augenlicht. Dabei war er allerdings ziemlich unsanft mit ihr umgegangen. Anouk hatte jämmerlich gefiept und immer wieder versucht, ihren Kopf wegzuziehen.

Ich hatte Fjella schon so lieb gewonnen, dass der Gedanke, der Tierarzt könnte jetzt genauso grob zu ihr sein wie zu Anouk, mich echt nervös machte.

Doktor Scheuch und Theo waren vor mir in den Stall gegangen. Ich quetschte mich schnell hinter ihnen durch die Tür und schaffte es, als Erste bei Fjella zu sein.

»Mein Gott, Lina! Benimm dich nicht wie eine eifersüchtige Fünfjährige. Lass Gerhard und mich jetzt unsere Arbeit machen.« Theo hatte sein »Wichtig-Gesicht« aufgesetzt, so als hätte er selbst schon einen Doktortitel. Und wie stolz er war, dass er den Tierarzt beim Vornamen nennen durfte … Plötzlich hatte ich richtig große Lust, zickig zu sein.

Als mein Bruder, viel zu schnell, auf Fjella zuging, verdrehte sie die Augen und schlug mit einem Hinterhuf aus. Krachend traf er die Stallwand. Theo versuchte sie mit erhobenen Händen zu beruhigen, aber das klappte natürlich nicht.

Ich wurde gemein: »Du versorgst wohl besser die Dackel unten im Dorf und lässt deine Finger von den Pferden.«

Mein Bruder entschuldigte sich mit einem schiefen Lächeln beim Doktor. »Dreizehnjährige kann man eigentlich nur einfrieren und mit einundzwanzig wieder auftauen, wissen Sie?« Der Tierarzt lachte, als ob Theos blöder Witz wirklich gut gewesen wäre, als Fjella noch einmal mit ihrem Huf gegen die Stallwand ausholte.

»Pass doch auf, sie verletzt sich noch«, schimpfte ich. Fjella beruhigte sich, als ich sanft ihren Karamellhals streichelte. Nach einer Weile konnte der Tierarzt näher kommen. Doktor Scheuch untersuchte Fjellas Hufe, tastete die Wirbel auf ihrem Rücken ab, schaute ihr ins Maul und hörte sie ab, indem er das Stethoskop an ihren Bauch hielt.

Schließlich packte er sein Stethoskop wieder ein und fragte mich: »Hast du einen Führstrick und ein Halfter? Ich will sehen, wie sie läuft.«

Ich nickte, flitzte zu dem Schrank, den Papa ebenfalls neu gekauft hatte und dessen Inhalt ich am Vortag schon ganz genau unter die Lupe genommen hatte. Hier lagen Führstricke und Halfter, Pferdedecken, Hufauskratzer und andere Putzutensilien. Papa hatte echt an alles gedacht. Einen Sattel brauchte ich noch nicht. Bis ich auf Fjella reiten konnte, würde es sicher noch über drei Jahre dauern. Ganz vorsichtig legte ich ihr das Halfter an, befestigte den Führstrick mit einem Karabinerhaken und führte Fjella auf die kleine Wiese vor dem Stall. Ich staunte, dass sie sich das alles gefallen ließ, ohne zu protestieren.

Theo hatte die Markierungen für die Koppel schon gesetzt. Eigentlich hätte ich mich gerne dafür bedankt, aber ich war immer noch verletzt, weil Theo behauptet hatte, ich sei noch zu jung für ein Pferd. Ich nahm mir vor, es später zu versuchen, wenn er sein »Wichtig-Gesicht« wieder eingetauscht hatte in das normale »Ich-ignoriere-meine-Schwester-Gesicht«.

»Okay, kleine Pferdelady, am besten führst du sie vom Schritt in den Trab.«

Kleine Pferdelady … Wie peinlich war der denn?

Ich gab mir trotzdem einen Ruck und begann, mit Fjella auf der Wiese zu laufen. Sie vertraute mir, ließ sich führen und hüpfte neben mir wie ein Fohlen. Schließlich packte der Tierarzt seine Tasche.

»Da habt ihr Glück gehabt, Fjella ist eine gesunde Stute.« Er setzte sich seine Sonnenbrille auf.

»Und du, Lina, bist dir hoffentlich bewusst, was es bedeutet, ein eigenes Pferd zu haben. Das ist nicht nur Ponyhof-Spielen, sondern echte Verantwortung!«

Der Doktor wartete meine Antwort nicht ab. Er verabschiedete sich und ging mit Theo zurück in Richtung Hof.

Ich setzte mich auf die Wiese und ließ Fjella noch ein wenig grasen. Dabei hätte ich sie ewig beobachten können. Ihre Ohren, die ständig in Bewegung waren, als ob sie kein Geräusch verpassen wollten, ihre zarten Fesseln, den langen weißen Schweif, der um ihre Hinterbeine strich, ihre lockige Mähne und immer wieder die schönen Augen, die glänzten, wenn sie den Kopf in Richtung Sonne hob.

Als sie mich in die Seite stupste, streichelte ich ihr über den Kopf. Fjella zupfte weiter fröhlich am Gras herum und kaute.

Auf ihrer Stirn, oberhalb der Augen, war das Fell ein bisschen dünner, und die Haut war rau und schuppig. Das war mir gestern nicht aufgefallen. Kein Wunder, so aufgeregt und durcheinander, wie ich gewesen war. Ich strich mit den Fingern fester über die Stelle.

»Hey, halt mal still, meine Süße«, forderte ich sie auf. Fjella drehte ihren Kopf zu mir und ließ sich von mir untersuchen, als ob sie meine Worte verstanden hätte. Ich war aufgesprungen und hielt ihren Kopf zwischen meinen Händen.

Ich tastete noch einmal. Immerhin schien es ihr nicht wehzutun, denn sie zuckte nicht vor mir zurück.

Dem Doktor und Theo war diese Stelle nicht aufgefallen. Damit beruhigte ich mich. Sicher war es nichts Schlimmes. Wenn es eine Hautkrankheit wäre, hätte der Doktor sie bemerkt.

Fjella würde groß und stark werden, wie die Haflinger in meiner Reitschule, und ich würde in drei, vielleicht vier Jahren jeden Tag mit ihr ausreiten können. Ich verpasste mir selbst eine Kopfnuss, um wieder klare Gedanken zu bekommen, als Katy mich zum Essen rief. Rasch brachte ich Fjella zurück in den Stall, gab ihr einen fetten Kuss auf die Nase und flitzte zu Katy ins Haus.

Dort wuselte mein Papa schon durch die Küche. Auf dem Arm hatte er mehrere Ordner.

»Hilfst du mir bitte nach dem Essen mit den Anmeldungen und der Zimmerverteilung?« Papa war immer fürchterlich nervös, wenn die neuen Kinder auf den Hof kamen.

»Okay«, seufzte ich. Eigentlich hatte ich Tom von Svenjas Umzug erzählen wollen. Ich fühlte mich immer noch wie betäubt, wenn ich daran dachte, dass sie bald so weit weg von mir wohnen würde. Trotz unserer Pläne, oft zu skypen, nagten jetzt schon Zweifel an mir, ob es uns wirklich gelingen würde, Freundinnen zu bleiben.

Aber mein Papa war eindeutig zu gestresst, um sich in Ruhe meine Sorgen anzuhören.

Ich schnappte mir ein Stück Brot, während Katy uns Gulaschsuppe in die Suppenteller füllte.

»Schon wieder Gulaschsuppe?«, nörgelte ich. »Es ist heiß draußen, und Suppe macht noch heißer von innen. Da kann ich mich gleich auf den Herd setzen!«

»Lina, hör auf zu meckern«, schimpfte Katy, und Papa schaute mich stirnrunzelnd an.

»Ist doch wahr«, murmelte ich. Eigentlich war es weniger die Suppe, die mich ärgerte. Ich wollte mich heute lieber den ganzen Nachmittag um Fjella kümmern, als Papa zu helfen. Das war vielleicht auch das beste Mittel, um mich von meinem Kummer über Svenjas Umzug abzulenken. Da fiel mir etwas ein.

»Papa, du hast mir immer noch nicht erzählt, wie du an diesen Herrn Zázrak gekommen bist. Theo und der Tierarzt haben mich das vorhin gefragt, und ich konnte ihnen nichts sagen, weil ich es einfach nicht wusste!«

Papa stapelte die Ordner auf einen Küchenstuhl und setzte sich zu mir an den Tisch.

»Stimmt, Linchen. Ich hatte noch gar keine Zeit, mit dir darüber zu reden.«

»Aber warum wusste denn nicht mal Theo darüber Bescheid?«

Papa kratzte sich am Kopf. »Ich wollte nicht, dass er dir etwas verrät und mir meine Überraschung kaputt macht. Und ein bisschen schlechtes Gewissen hatte ich auch, weil Theo sich in deinem Alter ebenfalls ein Pferd gewünscht, aber keines bekommen hat. Herr Zázrak ist der Opa von der kleinen Lydia, weißt du noch? Das Mädchen, das im letzten Herbst bei uns in Schweden war?«

Ich erinnerte mich an das kleine blasse Mädchen, das für mehrere Wochen im Huskydorf meiner Mutter gewohnt hatte und jeden Tag mit dem Hundeschlitten und Jorunn unterwegs gewesen war.

»Was hatte die denn?«

Papa seufzte.

»Krebs, Linchen, Lydia hatte Krebs. Aber im Dorf ging es ihr jeden Tag besser, und Herr Zázrak hat erzählt, dass sie wieder ganz gesund geworden ist.«

Ich legte den Suppenlöffel zur Seite und sagte: »Das ist gut, aber was hat das mit Fjella zu tun?«

»Ich hatte Lydias Opa erzählt, dass du Pferde liebst. Und weil Herr Zázrak so glücklich war, dass es Lydia wieder besser ging, und weil er, wie er mir sagte, an die Kraft der Tiere glaubt, hat er uns Fjella geschenkt. Ich weiß auch nicht, woher er sie hat.«

Uff … Jetzt musste ich erst mal tief Luft holen. »Dann war das also gar nicht deine Idee, mir ein Pferd zu kaufen?«

Tom schüttelte den Kopf. »Das nicht, aber *ich* habe schließlich alles hergerichtet, den Stall renoviert, das Dach repariert und …«

»… und alles primaspitzenmäßig gemacht«, unterbrach ich ihn und gab ihm einen Kuss auf die Wange. Es war ja eigentlich egal, woher Fjella gekommen war, Hauptsache, sie war da und war mein Pferd!

»Ist die Untersuchung denn gut gelaufen?«, fragte Papa, und ich nickte. Ich dachte kurz an Fjellas schuppige Stelle auf der Stirn. Das hätte ich ihm wirklich gerne erzählt, aber mein Papa machte sich immer viel zu viele Sorgen. Wenn die erste Aufregung vorbei war und die neuen Kinder sich gut eingelebt hatten, würde ich ihm die Stelle an Fjellas Kopf zeigen.

»Aber ich versteh immer noch nicht, warum du nicht mit

Theo drüber gesprochen hast. Glaubst du wirklich, er hätte mir etwas verraten?«

»Ich weiß es nicht. Und da ist noch was anderes: Du weißt ja, dass er mit dem Mädchen vom Grünmacher Hof anbandelt. Bestimmt hätte er befürchtet, dass Gretas Familie beleidigt sein könnte, weil wir kein Pferd bei ihnen gekauft haben.«

»Und jetzt wird gleich die Suppe kalt, wenn ihr noch mehr quasselt«, knurrte Katy und stellte energisch einen Krug Wasser auf den Tisch.